AF417594

LA HUERTA DEL DIABLO

Y OTROS TEXTOS

LA HUERTA DEL DIABLO

Y OTROS TEXTOS

Víctor José Navarro Jiménez

©LA HUERTA DEL DIABLO Y OTROS TEXTOS
ISBN 978-958-49-8250-6

© Autor
Víctor José Navarro Jiménez, 2023

Edición Literaria - Publicación en Amazon
Dianis Rocío Bracho Ramírez

Primera edición, enero de 2023
Segunda edición, abril de 2023

Diseño de carátula y composición:
Jesús Alberto Chaparro Tibaduiza

Editado en Colombia
Published in Colombia

A mi padre,
Víctor Carlos Navarro Jiménez, hombre perseverante.
El loco de la tercera orilla del río…
Mi gratitud por siempre

En nuestra casa la palabra loco no se decía. Nadie está loco. O, entonces, todos. Lo único que hice fue ir allá. Con un pañuelo, para hacerle señas. Yo estaba totalmente en mis cabales. Esperé. Por fin, apareció, ahí y allá, el rostro. Estaba sentado en la popa. Estaba allí, a un grito. Le llamé, unas cuantas veces. Y hablé, lo que me urgía, lo que había jurado y declarado: «Padre, usted es viejo, ya cumplió lo suyo... Ahora, vuelva, no ha de hacer más... Usted regrese, y yo, ahora mismo tomo su lugar, el de usted, en la canoa...».

Él me oyó. Se puso en pie. Movió el remo en el agua, puso proa para acá, asintiendo. Y yo temblé, con fuerza, de repente: porque, antes, él había levantado el brazo y hecho un gesto de saludo -¡el primero, después de tantos años transcurridos! -. Y yo no podía... De miedo, erizados los cabellos, corrí, me alejé de allí, de un modo desatinado. Porque me pareció que él venía del Más Allá. Y estoy pidiendo, pidiendo, pidiendo perdón.

João Guimarães Rosa, La tercera orilla del río.

CONTENIDO

PARTE 1

LA HUERTA DEL DIABLO

Estaba perdido en algún lugar de las selvas de Tarapacá (Amazonas), acostado bocarriba, cuando aparecieron las primeras gallinazas. Eran tres. Primero pasaron las sombras, y luego se dejaron caer en picada por un clarito de cielo que se abría entre las ramas más altas. Contuve la respiración. Comprendí que aquellas bestias aladas que caían en espiral y rozaban peligrosamente la vegetación, más que haberme confundido con alguna mortecina, me habían estado buscando por nombre propio. Con esfuerzo me levanté de aquella hojarasca húmeda y retomé la carrera, la huida; teniendo cuidado de no pisar en falso nuevamente. Entregado a mis últimos esfuerzos de supervivencia, traté de seguir el rumor de un río que corría cerca. Allí, a la derecha, o tal vez a la izquierda. Adelante. A él reducía mi esperanza. Otra salida no era posible; el paisaje parecía extenderse al infinito y, más temprano que tarde, el cansancio me haría sucumbir. Mientras más corría, los árboles se hacían más grandes y monstruosos; ya empezaba a sentir la angustia de ser tragado vivo por aquel monte maldito.

Aún llevaba conmigo el Galil 5,56 que mantuve por más de veinte años en servicio. Con el cañón del fusil trataba de limpiar cuanto se me cruzaba en el camino, tarea que cada vez se hacía más inútil en ese paisaje insistente y hostil. Las enredaderas hacían lo suyo en mis botas de asalto y debía arrancarlas de un tirón para poder avanzar. Irritado por la bullaranga de los monos y un silbido de insectos que me reventaba la cabeza, gasté un proveedor completo en ráfagas, apuntando en todas las direcciones. Conseguí silenciar el mundo por un instante, pero luego volvieron los gritos del monte, más agudos, intensos y perturbadores. Atrás, a unos dos o tres kilómetros de distancia, de cuando en cuando escuchaba unos bombazos largos que hacían retumbar los cielos de punta a punta. A aquellas guerrillas que acostumbran a torturar antes de matar, se debía mi temor mayor; y no les daría ese gusto.

Cuando el agotamiento estaba por aflojarme el cuerpo nuevamente, de forma misteriosa y espontánea resplandeció el sol en el agua del río. Siempre estuvo allí, siguiéndome. Salvándome. Descansé un momento en el barranco, sospechando que aquel camino de agua, bello e imposible, sería lo último que vería. Habría sido más fácil enfrentar a los cientos de guerrilleros que me perseguían, que salir indemne de aquellos remolinos oscuros que se engullían unos a otros con estrépito y ferocidad. Cuando me quité el camuflado y quise agacharme para tomar una manotada de agua, escuché un disparo detrás de mí. Luego otro. Y uno último que silenció los demás ruidos. Solamente recuerdo flotar río abajo, bocarriba, descubriendo en silencio un cielo tranquilo por el que cruzaron de nuevo los goleros, lejanos esta vez, indiferentes, hasta que el agua empezó a inundarlos en mis ojos.

MIÉRCOLES

Terminada la primera hoja del relato, me dispongo a ver por la pequeña ventana circular que corona la pared de la celda. Trepado en el catre y empinado hasta el temblor, alcanzo a divisar un pedazo de cielo por el que las nubes crepusculares pasan serenas y libres, a veces deshilachadas, pero libres para cambiar de cielo si ese fuera su deseo. Verlas me apacigua, me generan paz y resignación. Tantas veces, incluso antes de estar aquí en calidad de presidiario, he querido cambiarme por una de ellas para ver el mundo desde el vuelo y la libertad; aunque fuera por una de esas nubes ignoradas, esas a las que ni la imaginación de los niños les puede dar forma, o por una rastrera, las que andan indefensas por los caminos y se les confunde fácilmente con las quemas de basura, o las que se dispersan ante cualquier mínimo aleteo, o las que por descuido suben hasta quedar perdidas en el espacio infinito y ya no pueden regresar nunca más.

Es temprano aún. El guardia gordo de las cinco de la tarde apenas pasa frente a nosotros para recibir turno. A Rigo, mi compañero de celda, le hace un saludo con la cabeza; a mí, nada. Nunca. En las cuatro semanas que llevo recluido en esta pequeña celda, tan solo me miró a la hora de realizarme el registro de ingreso. Una mirada breve le ha debido parecer suficiente para saber de quién era hijo, y por qué estaba en este lugar. Este es, sin duda, un hecho menor: mejor es que no te miren y no te hablen en lugares de esta naturaleza.

A Rigo lo trasladaron hace cinco días a mi celda, pero lleva más de diez años en este lugar. Le llamo Rigo, porque así es su nombre. No se trata de ningún Rigoberto, o Rigolino; que no se confunda esto con una abreviatura amistosa. De hecho, es tal mi desconfianza con él, que en las noches duermo con una cuchilla afilada en la mano. Es un hombre extraño a los ojos de cualquiera; y no me refiero a su flacura extrema, ni a los pelos que le cubren el cuerpo entero, tampoco a su tos crónica –ha de ser alérgico a sí mismo–, me refiero a su constante estado de alerta, a esa manera particular de mirar las cosas y las gentes, es como si viera lo que no hay y escuchara los sonidos que no existen. Está loco. Parece vivir en este lugar infernal por puro gusto. Poco o nada hemos interactuado y nunca ha mostrado interés en ello, hasta hoy, que quiso ojear mi escrito y protesté con una mirada larga y vehemente que terminó por hacerlo hablar.

—¿Le escribes a tu familia?

—No —respondí—. Soy el último que queda. Y eso fue todo.

Ya el guardia de la mañana me tenía al tanto de los últimos acontecimientos. Por orden de la familia del alcalde, a quien asesiné con justa razón (si es que hay razones justas para matar), mi reclusión iría hasta la madrugada del sábado próximo.

—Lamento que termines de esta manera, primo — agregó el guardia.

Salir de aquí significa una cosa: la muerte. Por eso resolví contar mi historia. No la de los inocentes, sino la de los culpables incomprendidos. Doblé la primera hoja escrita una y otra vez hasta hacerla pequeñita, y en uno de los lados reteñí el número uno. Tenía algunas más en limpio gracias al mismo guardia, el primo lejano que no hacía otra cosa que mirarme con pena y lástima. Necesitaría llenarlas en letra pequeña y hasta el espacio bajo el último renglón, si quería contar (sin escatimar palabras y sin matizar la maldad humana) las cosas que hice, y las que volvería a hacer. No entiendo por qué la familia del alcalde ha tardado tanto en vengarlo, ¿estarán planeando algo especial para mí, acaso? Es sabido que en esta cárcel y en toda la región de los pueblos de las ciénagas, los Carriazo son amos y señores; así que soy blanco fácil. ¿Por qué tanta demora, entonces?

¿por qué tanta espera?

—El encierro vuelve loca a la gente —afirmó Rigo viéndome deambular con una nueva hoja en la mano.

* * *

Ya fuera del río, un ardor en la espalda me trajo de vuelta de esa inconciencia que debía ser la muerte. Era una punzada caliente que me producía el más insoportable de los dolores. A veces se intentaba apaciguar tras el quejido de la exhalación, pero volvía de nuevo con severidad. Aun así, prefería este lugar seco a estar a merced del río, siendo presa de las aves carroñeras.

Afuera se escuchaba el murmullo de unos niños jugando. Corrían y se decían palabras que no logré entender. Luego los sentí irse, pero volvieron casi de inmediato con más alboroto. Tres golpes secos sonaron en la puerta. Alguien desde adentro abrió y otra fuerte punzada me quemó por dentro.

—¿Cómo te llamas? —dijo la voz de un viejo.

Hubiera podido responderle, pero no quise. Sentí cómo varios cuerpos unieron fuerzas y me sacaron de ese espacio cerrado a un lugar alto y fresco. Allí estuve entonces acostado en una hamaca, en silencio, como los muertos.

Cuando creí estar solo, abrí los ojos. Había abajo una decena de casas perfectamente alineadas a un río, el mismo río de los remolinos, y junto a ellas un clarito deforestado donde jugaban los niños de los gritos. Allí mismo, unos hombres pequeños y casi desnudos detenían sus actividades cotidianas para venir hasta donde yo estaba. Entre ellos se abrió paso una mujer joven y se hizo al costado del jefe de este lugar. Bastaba con ver al viejo para saberlo. Lo miré con firmeza; lucía un rostro tranquilo y unos ojos amarillos que no parpadearon nunca. Del cuello le colgaban unos guindarejos de colores entre los que sobresalía la calavera de un felino pequeño. De inmediato me incomodó su presencia, su olor a selva, sus collares y su mudez. Intenté levantarme, pero la joven puso sus manos suaves sobre mis hombros y, diciendo dos o tres palabras en su lengua nativa, me recostó de nuevo. Miré sus ojos grandes y obedecí, sentí que me sonreía con ellos.

—Es mejor que descanses —susurró.

La joven les ordenó a todos que siguieran sus quehaceres y así se hizo. Quedamos, entonces, el viejo, la joven y yo, solos, sin pronunciar palabra el resto de la tarde, pero sintiendo nuestra presencia. Yo solo contemplaba aquel río rojizo que bajaba sereno y libre, como las nubes tras la ventanita de esta celda. Cuando el viejo se fue hacia el interior de una de las casuchas, volvió la voz de la joven.

—¿Quién eres?

—Raúl —le dije, inventándome un nombre.

—¿Eres soldado?

—Ya no.

—Mi padre fue quien te sacó del San Miguel hace unos días. Nos dijo que no eras un hombre de la selva y que en cuanto te hayas recuperado tendrías que buscar tu lugar. Aquella voz tibia me trajo a la memoria una serie de sonidos e imágenes difusas: un hombre huyendo desesperado por un bosque indómito, un uniforme militar maltrecho, aves rapaces al acecho, algunos disparos, y luego la oscuridad...; y traté entonces de pensar más allá, en los años anteriores a la vida castrense, pero tenía

la cabeza vacía. Sin recuerdos.

—Llévame contigo —dijo súbitamente la joven.

—¿Tienes dinero? —le pregunté.

—Sí. Mi padre guarda una reserva para traer granos de afuera. Conozco además el camino para salir.

Aquella misma noche, mientras todos dormían, salimos de la aldea en una canoa pequeña. Nos deslizamos sobre las aguas silenciosas de medianoche alumbrados por dos lunas grandes: una viva y turbia en la corriente y otra petrificada en el cielo. Estaba todo tan claro y diáfano que las curvas del río se podían ver a una distancia considerable, como si la noche misma nos quisiera en otro lado. Ya entrada la madrugada, nuestros cuerpos se fueron arrimando el uno al otro por el frío y la casualidad. Me contó al oído que, por orden de su padre, debía escoger a un tipejo de la tribu por compañero y eso la había obligado a querer escapar; me habló de los cuidados y la dedicación que tuvo durante mi convalecencia, dando por hecho que sería yo su única salvación. La abracé fuerte. Con mis manos fui bajando por aquel cuerpo suave y desconocido, tocando casi con violencia cada parte, cada palmo. La giré bruscamente de cara a la luna y tras besarla toda, hice con ella mi voluntad.

Al amanecer, un tronco que detuvo la canoa me despertó y pude comprobar que el río nos había sacado indemnes de la selva. El mundo a este lado tenía otros ruidos, se escuchaba el andar de gentes, sonidos de animales domésticos, motores, los mecanismos de la civilización andando. Bajé al agua con cautela, le quité a mi compañera la mochila que traía cruzada al pecho y, con cuidado de no despertarla, liberé la canoa de las ramas que la sujetaban. La corriente se la llevó con todo y mujer hacia el centro más caudaloso y al instante la perdí de vista. El agua se la tragó.

No tuve que caminar mucho tiempo. Cerca de allí, tras un pastizal verde y cortante, pasaba la carretera nacional que recorre el país de sur a norte uniendo la selva con el mar. Aunque no tenía un destino claro, me surgían vagos recuerdos de los pueblos de las Ciénagas, una región escondida tras las sabanas del norte. Viajaría lo más arriba posible, hasta allá si era el caso, en busca de los recuerdos perdidos, en busca de ese pueblo viejo y sin nombre al que abandoné una buena hilera de años atrás, y en donde alguien debía estar esperándome.

JUEVES

Pasado mañana me sacarán de esta prisión, porque me van a matar. Así que debo agilizar mi historia para no quedar a mitad de camino. La mañana de hoy ha estado envuelta en un silencio inquietante. Rigo, por su parte, sigue recostado en el catre del frente, inmóvil; por lo visto no dejaron salir al patio a la veintena de reclusos que malviven en este lugar. Cuando eso sucede todos duermen hasta tarde y no se escucha un solo ruido. Para mí, sin embargo, todos los días son iguales. No he gozado del privilegio del patio, así que ni falta me hace. Aprovecho entonces la calma de la mañana para avanzar en mi relato.

***

Mi deseo de llegar al norte se iba haciendo más grande con las horas. Estaba ahora dentro de un bus enorme, lleno de maletas y gente desconocida. Miré el reloj pegado al respaldo de la cabina del conductor; estaba detenido. Apenas iniciaba la larga travesía de regreso, así que debía ser paciente y no desesperarme. A la media mañana, me dediqué a contemplar uno a uno los postes de electricidad del camino; parecía una misma fotografía parpadeando tras el vidrio. Así gasté varias horas.

Entrado el mediodía, una abuela octogenaria subió al bus y se sentó a mi lado. Así, sin más. Reparé en ella con detenimiento y descaro cada detalle, de arriba abajo, recorriendo con mis ojos los pliegues arrugados que le colgaban del rostro; surcos que parecían moldear una tristeza vieja. Tenía puesto un gorro negro de donde salía una trenza casi perfecta; me deslicé por ella, por esos eslabones de cabellos de entreverados blancos y negros que terminaban por fin en unas puntas sueltas, sin nada que las sujetara. Seguí por sus piernas flacas y vi que la suela del zapato izquierdo tenía algunos centímetros de grosor adicional.

"Qué difícil sería cargar aquella piedra", pensé. Me reí en silencio. La seguí descubriendo, hasta que empezó con una serie de suspiros ahogados como si yo le robara el aire. Me miró, y yo me vi en sus ojos apagados. Tenía la cara pequeña como la de un niño de diez años. Me causó gracia, le sonreía sin ser consciente de ello. De pronto levantó su brazo esquelético y con la punta del índice me señaló la ventanilla alta. La abrí un poco, sin afán.

La siguiente hora se redujo a cruces de miradas, roces incomodos y suspiros largos. Su índice acusador señaló ahora el reloj del frente. Entonces, sentí un extraño impulso de bondad y compasión, y consideré que entretenerla podría ser una manera de hacerle el viaje más amable y corto, aunque nuestro lugar de destino estuviera más allá del día y la noche. Entendí que el problema de los viejos es con el tiempo, así que le di la hora detenida en el reloj muerto, que coincidía más o menos con el momento del día.

—Es la una de la tarde, mi señora.

No hizo gesto alguno.

—El tiempo es una ilusión rejodida —dije tratando de parecer sabio—. Usted que está a punto de perderlo, por su edad tan avanzada, me puede entender bien.

Me miró a los ojos con rareza y continué de inmediato. Ya no pude parar.

—Se preguntará quién soy: bien, mi señora, no sé nada de usted, pero me parece confiable. Luego me cuenta sobre su vida. Primero hablo yo, luego usted. Así es más fácil entenderse entre desconocidos, ¿cierto?

No respondió. Su mirada estaba fija de nuevo en el reloj.

—Soy Martín —no se me ocurrió otro nombre—. Siga esta historia, mi señora —continué ahora acercándome a su oído—: resulta que íbamos dieciocho profetas (soldados profesionales) bajo órdenes del suiche (subteniente) Rodríguez a una misión especial. Los oficiales de inteligencia nos habían informado que unos guerrilleros del frente 63 de las Farc se escondían en un rancho junto al río San Miguel. Así que les llegamos en arrastre bajo por un lodazal que ni le digo. La segunda escuadra, a la que pertenecía yo, debía entrar por la parte trasera, mientras la primera... adivine por dónde... pues por la del frente;

¿cierto que hay preguntas que la gente no debería formular?, detesto que se pregunte por cosas que de por sí ya se saben... en fin... Segundos antes de tumbar la puerta trasera, salieron dos "criaturitas" desarmadas. Los habíamos agarrado por sorpresa. Apenas nos vieron gritaron como niñas: «No nos maten, por favor, nosotros no somos quienes creen». Por Dios, mi señora, ¿cree usted que no sabíamos quiénes eran?, en asuntos como estos, un superior de inteligencia jamás se equivoca. La primera escuadra se encargó de desmantelar y quemar la casa; los de la segunda, nosotros, de los niños. No tendrían más de trece o catorce años. Mi teniente ordenó darles de baja inmediatamente, pero, como cosa rara entre soldados antiguos, nadie quería cumplir la orden. No lo pensé dos veces: «Mi teniente, para solicitarle, déjeme yo lo hago». Y una vez el jefe asintió, monté el fusil y me paré frente al pequeño más pequeño. Usted viera, señora, la cara que hizo... «No lo haga, por favor, aquí no vive nadie más, solo nosotros y mi mamá;

ella está en el pueblo porque ha pasado enferma los últimos días, la pobre tiene...».

—Cállate, mal parido —le dije cuando ya agotaba el recurso de la súplica, aunque no acostumbro esas maneras; a decir verdad, utilizo más composiciones como: malnacido, hijo de mala madre... aunque suenen tontas.

¿Entiende, mi señora?, normalmente manejo palabras suaves, agradables, el lenguaje no debería imitar lo que la realidad ya es. De ahí que mi madre quisiera encarrilarme en la poesía. Pero con estos hijos de puta, perdone usted la palabra, tocaba al grano.

—¿Tú crees en los santos? —le pregunté al niño.

—Sí, señor —respondió.

—¿Ves esa cerca de púas antes del San Miguel? —No esperé que respondiera y empecé el conteo—: hasta tres y la has saltado: uno... dos... dos y medio... ¡Corre, hijueputa, si quieres salvarte! —Obviamente no iba dejar que se escapara, fue una estrategia para ponerle verti ginosidad al asunto. No había dado diez pasos cuando "Prááá" , le solté el primer pencazo. Y a que no adivina, mi señora: el malnacido siguió corriendo ya estando muerto, hasta darse de frente con la cerca. Mis cursos se quedaron quietos y en silencio, no hubo aplausos. Les sonreí. Entonces corrí junto al muchacho. Aún se le veía el susto en los ojos. Se retorcía en el suelo man chando de sangre la hierba. Sus manos se arqueaban intentando arrancarse la espalda por el dolor, al tiempo que trataba de decir algo, pero las burbujas de sangre no lo dejaron. Me hubiera gustado saber cuáles serían aquellas palabras, pero ya no había tiempo. Le apunté nuevamente y le solté otro pencazo a la altura de la sien izquierda. Su cabeza, con todo lo guardado en ella, se esparció cual cresta blanca entre bolas de sesos y cabe llo... Me devolví, y entonces le apunté al segundo niño.

No dijo una sola palabra, solo sollozaba esperando lo que le venía encima. Recuerdo soltar un par de tiros junto a sus pies apenas que para verlo bailar. Luego lo hice caminar selva adentro donde no nos vieran, y grité nuevamente el conteo fatídico. Allí disparé en ráfaga todo el proveedor.

»La selva se sacudió con el alboroto. Avechuchos de todas las clases revolotearon sobre nuestro equipo de combate y luego subieron a ahogarse en el humo de la casa en llamas. En ese momento, una ráfaga de viento que bajó por el río y desapareció al instante dejó el monte en el más absoluto silencio. Nos mantuvimos alerta.

»Alcancé a unirme al grupo antes de que empezaran a llover las balas. ¡Nos habían emboscado, mi señora! Por la sonoridad de los artefactos se podía saber que eran cientos los que nos hostigaban desde no se sabía dónde, y tras ver caer a dos profetas de la primera escuadra, el resto emprendimos la huida. Corrimos por lo menos tres horas sin parar, pasando arroyos, selvas de todas las formas, arañando montañas a la subida y rodando cuando esta caía hacia el otro lado. Recuerdo que, al cruzar un fangal, un compañero gritó y se hundió detrás de mí y no lo volví a ver más. Babillas, mi señora. Continué solo, entonces. Mas adelante caí de espaldas en una hojarasca de la que casi no doy para levantarme, y como pude volví a salir al río San Miguel. Allí, en un instante que paré a tomar agua, unos tiros me lanzaron a la corriente.

»Ahora, mi señora, cargo como tatuajes las cicatrices de la guerra, al costado derecho de este bus, junto a usted, deseando llegar a no sé dónde y reencontrarme con quién sabe quién.

A la señora le temblaron los pliegues de la cara como perro que sacude el agua. Luego asintió enjugándose una lágrima seca. "Quizás sea por la brisa que se cuela por la ventanilla", pensé. La cerré y le sonreí amablemente. De inmediato empezó a faltarle el aire de nuevo.

Me volví hacia los asientos del lado izquierdo, donde estaba una pareja de negros que no veía desde la mañana. El hombre tenía los ojos abultados, y nunca apartó la mirada del piso. Su cabeza algodonada le contrastaba perfectamente con unos dientes blancos y enormes que no le permitían cerrar bien la boca. Sus piernas eran largas y era tortuoso ver cómo intentaba acomodarlas en la estrechez de los asientos. Al lado lo acompañaba una cuarentona que no paraba de llorar; lo hacía en silencio, a veces dejando escapar un chillido quedo que ahogaba de inmediato en un pañuelo. Su piel era más oscura que la del hombre. Se miraban, él a ella y ella a él, y algún dolor parecía consumirlos por dentro. Luego la mujer pegó sus pómulos salidos al cristal y pareció quedarse dormida. El hombre exhaló profundamente, aliviado. ¿Cuál habría sido su historia...?

Afuera ya medio cielo estaba oscuro, y en el horizonte de ese lado, agudizando la vista, se alcanzaban a ver los bordes de luz de unos cerros enfilados. Cerré los ojos y en un sueño breve resolví el misterio de los negros: seguíamos en el bus, ahora discutían, y yo, que esta vez estaba más cerca, exactamente en la silla de atrás, entendía que aquel sufrimiento se debía a la muerte de su hijo. La negra soltó un pujo largo y rompió a llorar como solo saben las madres, y entonces, como impulsada por un resorte, se levantó y saltó los montones de maletas que inundaban el pasillo; el conductor intentó detenerla, pero la exasperada mujer no le dio otra opción que frenar y abrir la puerta de salida. La negra corrió hacia un camino oscuro y todos fuimos testigos de cómo se fue apagando su vestido blanco a cada zancada. El negro y otros pasajeros salieron a buscarla, pero no dieron con ella; de uno en uno fueron volviendo sin rastro de la mujer. El negro se quedó esperándola en la carretera. Alguien bajó sus cosas y el resto de viajantes, luego de un acuerdo que yo lideré, reanudamos la marcha. Allí desperté. Los negros misteriosamente ya no estaban.

El extraño sueño me quedó retumbando en la cabeza. Como pude, le quité la atención y cerré los ojos nuevamente para darle prioridad a mis asuntos. Me dispuse a recordarme a mí mismo, a reconstruirme en imágenes y sonidos, a traer, de ese rincón de la cabeza donde todos guardamos lo que tememos olvidar, algo que me diera identidad, que me hiciera real: nombres, voces, rostros, lo que fuera. La memoria me trajo, entonces, una loma yerma con una casa grande en la cima, y me vi montado sobre el caballete del techo. Desde lo alto lo podía ver todo: La Huerta del Diablo y su ceiba misteriosa, la Ciénaga de Plata y los demás pueblos de las ciénagas, vi el rostro de papá, la sonrisa de mamá, y me llegaron algunas historias del viejo Ramiro, el abuelo. "De seguro todo se encuentra en el mismo lugar", pensé. Acaso qué son veinticinco años.

Sin darme cuenta la noche se había instalado a plenitud. Tan solo arriba, bien arriba, unas nubes sueltas conservaban los rescoldos pálidos del día. El cielo de la noche se dejó ver brillante y diáfano; pero de qué vale ese encanto mágico en caminos solitarios como estos si nadie los puede ver. En lugares inhóspitos como los desiertos y mares, la naturaleza debería estar apagada y no gastarse en vano. Ni siquiera a los animales les interesa.

La carretera se alargó en una recta infinita y el tiempo se fue haciendo más lento, al punto que fui nuevamente arrastrado por el cansancio (de no hacer nada, de no ver nada distinto) a un nuevo episodio onírico; esta vez, uno más extraño que el anterior, uno que me llevaría a mi destino de viaje a la velocidad de un chasquido. Así, pues, me vi entrando al lugar al que deseaba llegar.

Era de tarde en el pueblo, lo sabía, aunque el cielo estuviera cubierto por un nubarrón enorme que daba oscuridad de medianoche. Todo era contrario a lo que la memoria me describía: las calles estaban desoladas y envueltas en un silencio de muertos, apenas interrumpido por unos truenos largos y lejanos. Yo estaba descalzo sobre una mesa robusta en mitad de la plaza, viendo las calles que allí nacen, o mueren, depende cómo se les quiera ver. Junto a mí, sobre la mesa, había algunas calaveras pequeñas, de niños seguramente, y abajo, otras enterradas en la arena. De un momento a otro sonó un estallido que hizo elevar una humareda roja detrás de la casa de la loma. La tierra empezó a sacudirse y pequeños remolinos de arena y basura levantaron vuelo en la penumbra. De todos los rincones fueron apareciendo animales con fogones en los ojos: ratas, perros, puercos y burros, todos poseídos por los mil demonios, corriendo sin rumbo y sin pausa. Al son de un nuevo trueno, que se desgajaba del cielo como un derrumbe, se abrieron las puertas de las casas, dejando al descubierto los patios inundados de hojas secas, como si hubiesen sido abandonados siglos atrás. Hacía años que había aprendido a identificar la inverosimilitud de los sueños, sus colores, sonidos y distorsiones, y más que producirme escalofríos, los contemplaba con la certeza de su irrealidad.

Fue entonces cuando, tras la algarabía de los animales, surgió un grito distinto. Uno fino y aterrador, más parecido al llanto de un recién nacido que a otra cosa. De repente salté de la mesa y empecé a correr desbocado como uno de aquellos animales. Mis piernas cedían ante alguna fuerza externa y misteriosa, como si no me pertenecieran. Huía de aquel aullido, o quería descubrir su origen, no lo sé, no lo supe; nada me era claro. Vi pasar veloces las casas, los árboles y la iglesia del Perpetuo Socorro, que lucía, si mal no recuerdo, un color oscuro con ventanales púrpuras; hice el intento de echar un vistazo en su interior, pero fue imposible por la rápida marcha. Por último, cuando el pueblo se acabó, sentí el vértigo de los espacios inmensos, al verme frente a una enorme llanura de tierra cuarteada. La carrera me había llevado al lugar donde estuvo la Ciénaga de Plata, las aguas que saciaron al pueblo y a la vez le causaron tantas desgracias.

La ciénaga se hallaba completamente seca. Había animales muertos por todos lados y el viento llevaba y traía un olor mordiente a carne podrida. Para entonces, había cesado el chillido lúgubre del niño y en la amplia planicie sólo se escuchaba la mudez de las cosas muertas. Cuando fui aprendiendo a regocijarme en aquella soledad y silencio, el cielo se fue revolviendo en lo alto y formó unos torbellinos grisáceos desde donde llovieron centellas ardientes, como en La Ceiba de Purrey, destruyendo lo ya destruido.

Tras el cataclismo, apreté los ojos del avatar correntón que habitaba, y fui buscando en la oscuridad la manera de salir de este pueblo que no era el mío. Fue entonces cuando, en una transición rápida, hojas de colores girando en sentidos distintos me expulsaron de ese mundo trágico y bello, y desperté de nuevo en el pasillo del bus, rodeado de murmullos y sombras.

No sé si expulsé palabras o gritos mientras estaba en ese mundo extraordinario que es el otro lado, lo cierto es que todos ponían sus miradas sobre mí. El acto de soñar, en mi caso, es una enfermedad de la que apenas he aprendido a escapar.

La anciana me tenía en su regazo y me abanicaba con las manos. Le pedía a la gente, con señas, que se retiraran, que ambos necesitábamos respirar. Les dije que mi vida había estado marcada por una experiencia onírica agobiante, pero que de alguna manera ya me había acostumbrado. Les aclaré que no siempre fue así; que en la juventud resolví atarme tres ladrillos al cuello y lanzarme a la ciénaga crecida como única forma de huirle al suplicio que significaban las recurrentes pesadillas, pero que fui auxiliado a tiempo por Joaquín, uno de mis hermanos. Cuando volví a mi asiento noté que los negros perdidos seguían allí. Tristes, pero vivos y presentes, sentados como en la mañana. Un frío me recorrió los huesos y por primera vez sentí la incertidumbre de no saber si seguía o no dentro de la pesadilla.

Alguien preguntó la hora y otro le respondió. Era la 1:15 de la madrugada. Respiré tranquilo, con el placer de saberme lejos de la selva y más cerca del pueblo al que me dirigía. Los pasajeros que me rodeaban fueron volviendo a sus asientos entre murmullos y risas.

A pesar del silencio soporífero de la madrugada, algunas personas se mantenían despiertas; entre ellas, un hombre gordo ubicado en las sillas de atrás. El pobre tipo se la pasó recorriendo el pasillo suplicándole al conductor que hiciera una parada para comer algo. Dicha insistencia terminó por despertarme el hambre también. Quise estar, entonces, en el patio de la casa grande comiendo esos peces plateados que inundan la Ciénaga de Plata. En más de dos décadas no me había interesado la gente que me crio, pero ahora que había tomado la decisión de regresar, no podía pensar en otra cosa.

Una hora después el bus frenó bruscamente, lo que provocó el grito de espanto de algunas mujeres y niños. El conductor encendió la luz y dejó verse por la ventanilla de su cabina. Tenía la cara destruida por el insomnio. Salió, se estiró frente a todos y ayudó a reorganizar las cosas.

—Nunca falta un burro atravesado —dijo con una voz áspera.

Alrededor de las tres y media de la madrugada nos bajamos en un pequeño pueblo entre nubes. Un caserío situado a un costado de la carretera, con medio cuerpo al vacío. La anciana le compró a un hombre rojizo unos panes salados y los comimos de inmediato con café con leche. Ella no me convidó, de hecho, siempre intentó esquivarme; fui yo quien me le acerqué y saqué de su bolsa dos de los tres panes que había pedido. Ya con el estómago salado di un breve paseo por el lugar.

Las nubes se mezclaban con la gente, las podía tocar con las manos, revolver, respirar. A pesar de la penumbra y el frío había algunos niños presentes, se escondían tras gruesos vestidos que a duras penas dejaban ver sus ojos. A pocos metros, los abismos exhalaban profundos sonidos que hacían estremecer la montaña. Cerca de mí, sentado en la hierba húmeda, estaba un niño de cinco o seis años lanzando piedras a las profundidades. Me acerqué a él sin dejar de mirar la gran hondura y ahí nos estuvimos por un largo rato. Habló él primero, lo hizo con una voz aguda y frágil que no sé cómo pudo abrirse paso entre el ronquido del abismo.

—¿Ustedes son los que traen el dinero, cierto? Volvían las preguntas inútiles. La hubiera podido contestar con un empujón, pero sentía que esta decía algo más; los niños guardan misterios en las cosas simples que expresan.

—¿Por qué lo dices? De golpe agregó:

—Porque papá nos enseñó que debemos atenderlos con una sonrisa, así sea de mentiras, para que vuelvan.

¡Mira!

El niño señaló con una gesticulación en los labios al señor colorado, de piel pecosa y dedos de zanahoria que había atendido con buena voluntad a mi vecina de asiento. Sonreí sin darme cuenta. Luego, sin que me vieran, asusté al niño con lanzarlo al gran hueco.

Afortunadamente el tiempo aceleró el paso. Subimos nuevamente al bus y abandonamos en un descenso difícil aquel mundo de los abismos y el engaño.

La primera brisa de la mañana disipó unas nubes falderas que nos sitiaban desde la madrugada, y permitió que el sol le sacara brillo al mundo. Mientras contemplaba a través de los cristales la (casi siempre inexplicable) interacción de la naturaleza, me vi envuelto en un sueño de plomo del que tuve que sacudir la cabeza con fuerza. Ya estaba bueno de alucinaciones vergonzosas.

La mañana transcurrió entre el llanto de un niño y las explosivas carcajadas de una mujer en los asientos de adelante. La carretera se fue haciendo difícil nuevamente, una culebra resbaladiza sobre la que el bus se zarandeaba peligrosamente. Pude notar que las sacudidas y los frenazos repentinos le alteraban los nervios a la vieja del lado. La pobre, angustiada, realizaba acciones involuntarias que delataban su terror. Quise contarle otra historia, pero no, mejor no. Acaso para qué.

Al mediodía el calor se hizo intolerable y fue entonces el tema de todos. Había quienes sacaban la cabeza por las ventanillas buscando el fresco, y otros haciendo maromas en el pasillo lleno de maletas, solo por no derretirse en el espaldar de cuero de los asientos.

Consumidos por la alta temperatura, pocos nos percatamos del paisaje que fue apareciendo al otro lado de los cristales; un caserío destruido y abandonado cuyo olor a mortecina inundó de inmediato el ámbito del bus. La señora Martha, como arbitrariamente bauticé a mi vecina, se bajó frente a una casa sin techo y no pronunció palabra alguna; es la hora en que no sé si era muda o simplemente no quiso hablar, lo último que recuerdo de ella fue ver cómo se reducía su cuerpo delgado y viejo junto a un aviso quemado a orillas de la carretera.

A regañadientes fueron pasando las horas restantes y los últimos paisajes de la ruta, dando paso al cielo límpido que se abre en la sabana. En un momento dado, el bus giró a la izquierda donde un cartel empotrado en la maleza indicaba el recorrido final: «A 5 km», así, sin nombre y sin pueblo.

Nos pusimos ahora sobre este camino angosto. Fueron cuatro kilómetros andando lento por una tierra agreste con muy mala vegetación, y luego pasamos a una recta desde donde se alcanzaba a divisar las torres de la iglesia. Justo allí, en el kilómetro final, a la margen derecha del camino, y a la vista de todos, surge un mundo silente y enrarecido: La Huerta del Diablo. Un lugar que, sin duda, no es de este lugar; un terreno de un verdor incomparable, nada parecido al poco paisaje que deja sobrevivir el sol de esta región; un predio asistido por nadie desde hace más de un siglo, pero habitado y custodiado por un algo, por un no se sabe qué, misterioso. Los maderos de la cerca, próvidamente alineados y amarrados por alambres que resplandecen bajo el sol, aquí no solo parecen demarcar la tierra, sino también separar estos tiempos nuestros de otros más remotos y secretos. La naturaleza que hace un rato era casi desértica, aquí adquiere un color magnífico, con árboles y flores que relucen hasta donde alcanza la vista. Parece tierra injertada en un paisaje que no es el suyo. Si la pudiéramos ver desde arriba sabríamos que no se trata de un terreno extenso: veríamos la carretera bordearla por el occidente hasta llegar al norte, donde limita con el pueblo; al oriente encontraríamos la Ciénaga de Plata cerrándole el paso, y al sur, unas lomas peladas desde donde nacen Los Montes de María. Todo muy junto, aislado, sin salida. Pero esto no es lo importante, sino lo que sucede en su interior, el misterio de las tantas desapariciones de quienes se han atrevido a poner un pie en ella.

Cuando dejamos atrás las frías tierras de la huerta maldita, apareció por fin el caserío descolorido donde nací; el pueblo que ahora recordaba lleno de cascajos, perros callejeros, árboles milenarios y ancianos de edades tan inverosímiles como las historias que cuentan.

—Dale señor el descanso eterno...

—Brille para él la luz perpetua —respondieron unos viejos.

—¡Mierda! —dije—, me esperaron con difunto y todo. Saqué la cabeza por la ventanilla y, tras ver sobre un ataúd a una vieja cantándole llantos a su compañero muerto, recordé que siempre que nace un palo de tamarindo en el patio de una casa, muere el hombre antes que la mujer. Levanté la mirada a lo alto y, efectivamente allá, tras el luto de la casa, aparecía él, imponente, silencioso, balanceando sus cogollos con aire de culpa. Cuando bajé la mirada todos me observaban.

El bus dejó de acelerar y se deslizó en silencio frente a la ceremonia. Las caras me eran desconocidas; llegué a pensar que podía tratarse de otro pueblo. Luego rodeamos la plaza de las ceibas, en cuyo centro se hallaba una mesa robusta como las que usan los músicos de bandas para destacar entre la gente de los fandangos. Más adelante se alzaba la iglesia del Perpetuo Socorro: lucía renovada, recién pintada de blanco y con sus grandes puertas barnizadas. En su interior vi las sombras de unos pocos ancianos, al parecer los únicos interesados en la vida eterna.

En la última esquina del pueblo me bajé rápidamente cargando la primera maleta que vi, una grande y pesada. El bus siguió derecho y luego dobló a la izquierda para bordear el dulce mar de la Ciénaga de Plata. Dejaría a sus últimos pasajeros en los pueblos de las ciénagas y retomaría su ruta hacia La Puerta de Oro, la metrópolis del norte. La esquina queda justo al frente de la loma que da a la casa grande, el lugar donde nací. Estuve allí parado unos minutos redescubriéndolo todo, sintiendo nuevamente el olor a tierra quemada, el sabor del aire en el paladar, el zumbido del silencio. Apenas se veía una que otra alma deambulando por ahí, flotando en esos largos espejismos que da el verano por aquí. De una de las casas más cercanas salió una señora desprevenida y empezó a barrer la terraza. Hizo un par de montoncitos de basura, les prendió fuego y se encerró de inmediato sin darme tiempo a preguntarle nada.

Al primer familiar que avisté fue a Lorenzo, hermano mío hasta los 16 años, cuando mi padre le confesó que había sido encontrado sobre el anca de un burro abandonado. Lorenzo fue desde niño precipitado para todo, nunca se sentaba y deambulaba a media noche por la casa. Decía que le encantaba la oscuridad porque en ella había descubierto la habilidad de hablar con personas que eran invisibles para los demás. Según él, siempre andaba acompañado de alguien, aunque se le viera solo, por lo que terminamos bautizándolo el Loco Lore. Este que encontraba ahora era idéntico al que había dejado en aquella época: sus rasgos faciales, sus ademanes, su manera de andar; no se le veía rastro de crecimiento, era como si estuviera viviendo aún en aquel tiempo. La rara costumbre de hablar solo, la había conservado y perfeccionado, lo comprobé cuando vi que le habló al aire y se acercó a donde yo estaba.

—¡Cómo estás de viejo! —me dijo en un abrazo.

De inmediato agarró la maleta que robé del bus, se la subió al espinazo e iniciamos el ascenso de la loma pedregosa que daba a la casa.

Mientras subíamos, el ronquido de un motor cruzó el cielo. Por reflejo levantamos la cabeza, pero ya no alcanzamos a ver nada. Dimos algunos pasos y entonces empezó a gotear de las alturas sin nubes una lenta llovizna de carteles políticos, como si el cielo hubiera sido recortado en pedacitos. Lorenzo y yo los esperamos pacientes. cuando cayó el primer papel, un río de niños descalzos inundó la calle y, sin darnos tiempo, recogieron todo y se perdieron calle abajo. Uno de ellos se detuvo:

—¡Este es para usted! —dijo sonriendo. Luego salió a correr detrás del resto, que para entonces ya habían doblado la esquina.

Lo leí en vos alta: «Carriazo alcalde, este 8 de febrero, votemos 08».

—Qué vaina, Lore, el cielo aún continúa llorando Carriazo después de tantos años.

No necesité hacer memoria; el fulano de la foto era el mismo viejo pecoso que mandaba en aquella época cuando yo era un muchacho más de por aquí: Carriazo, el dueño de todo; el que en aquel entonces mal gobernó y exprimió los pocos recursos de la región.

—En este pueblo ya nadie le tiene miedo. Los cobardes ya se fueron —afirmó el loco Lore.

Faltaba todavía un largo trecho para alcanzar la cima. Guardé el panfleto en el bolsillo del pantalón y seguimos subiendo.

Esta sigue siendo una calle de pocas casas. A lado y lado, cercas de guaduas podridas suben el terreno empinado y separan en callejones anchos una familia de la otra.

A esta hora no se ve nadie, pero en las noches suele salir la gente a tomar el fresco. A mitad del camino empezamos a divisar la gran piedra que corona la cima. Un enorme cascajo blanco, imponente como un pedazo de luna. Según contaba la familia, la había llevado a empujones el abuelo de la Ceiba de Purrey medio siglo atrás, en una de sus borracheras. Tras la piedra se alcanza a ver por fin la casa grande: la nuestra, la de frente alto, la que sólo necesita unas campanas para pasar por catedral. "La casa de la loma", como solían decirle los de abajo.

Sobre la piedra, se hallaba acostado Envidia, el perro de la familia; el de antes, el de siempre.

Me paré frente a él y sonreí. Ni siquiera se inmutó de tan viejo y flaco que estaba.

—¡Envidia! —lo llamé fuerte—. ¿Sigues vivo?

El animal levantó la cabeza con un aire grave y majestuoso, me olfateó y cambió el semblante de inmediato. Intentó un ladrido que pareció más la tos de un viejo reumático y sonrió como los perros, con los ojos. Envidia, aunque feo, no era un animal cualquiera, había salido de La Huerta del Diablo siendo cachorro, y eso lo hacía especial; tenía, además, un ojo negro y el otro carmín, detalle que lo diferenciaba de los callejeros comunes. Había quienes decían que algún tipo de maldición debía haber sobre él, pues hasta el más atrevido de los espantos del monte le tenía miedo. El loco Lore bajó la maleta y se me acercó al oído.

—Perro que ladra no muere, hay que ayudarlo —dijo. Y luego gritó mirando a la casa—: ¡Mira quién está allá bajo el almendro!

Sentado en una mecedora se bamboleaba un viejo idéntico al tío Fermín. Desde acá se veía el humo del tabaco subiendo en ondas y desapareciendo arriba por el brillo del sol en la pared.

—Llegó tarde, sobrino —gritó desde la distancia, y se entró a la casa con prisa, seguramente a avisarle al resto. Cuando estuvimos en la terraza nos dimos media vuelta para mirar al pueblo. Lore suspiró profundo y nos quedamos en silencio contemplando el mundo desde la loma: nuestro pueblo, allá, ahogándose en el puro calor de abajo, y los pueblos de las ciénagas calcinándose en el infierno de más allá.

Tres niños que se escondían detrás del almendro salieron jugando con unas bolsas negras en sus cabezas y se perdieron por el callejón que daba al patio.

—Cojan al perro —decían. Les grité algo para llamar su atención, pero fue tarde.

La puerta de la casa grande se había abierto completamente y yo apenas lo notaba. Los primeros integran tes de la familia estaban ahí, formando como para una fotografía.

—Aquí estoy de regreso, gente —dije sin exaltación. Como si hubiera vuelto de un mandado a la tienda y no de veintipico de años de olvido.

Los niños, aún con las bolsas en sus cabezas, se sumaron al cuadro familiar. De la casa oscura seguían saliendo sombras y se detenían a ver al recién llegado. Uno de los últimos fue mi hermano mayor, Joaco el Cimarrón, que se asomó primero por la ventana grande del lado derecho y levantó la mano, saludándome con un semblante distante. Se le veía reseco y cansado, de seguro ha debido seguir jornaleando en el monte. Estaría rayando los cincuenta años. La ausencia de mis padres me inquietó; imaginé que habían muerto en la larga espera a la que los había sometido. Los habrá matado la preocupación, pensaba, él hambre, la vejez... No paré de imaginar la fatalidad hasta que me interrumpió la sombra de una anciana de labios cárdenos en la ventana del lado izquierdo.

—Gracias, Virgen del Perpetuo Socorro. Yo lo sabía, lo venía soñando hace nueve noches —dijo una voz idéntica a la de mi madre; sonaba deteriorada por la vejez y el malvivir, pero era la de ella.

—Casi que no me encuentras, hijo. Esperar cansa. Paso con unos dolores de cabeza que no te imaginas. Pero bueno, lo importante es que estas aquí, que por fin ¡volvió el poeta! —culminó mamá con una voz que rayaba en grito y llanto. Sentí en sus palabras un agradecimiento genuino, como si hubiera llegado para salvarlos de algo, como si valiera la pena uno a uno los minutos de espera. Acepté cada mirada, cada gesto, y les sonreía como si eso constituyera una buena acción para ellos, para esta gente perdida.

El dinero que traía no era gran cosa, sólo lo que pude quitarle a la indígena de los ojos grandes, alguito más por cuenta de la anciana que me acompañó en el bus, y casi nada de otros pasajeros. Más de dos décadas en la ingrata vida militar no me había dado más que cicatrices y odio al ser humano. Ese fue mi caso. No aprendí nada; a no ser que valga de algo mencionar la acción de matar, robar, o conocer a cabalidad el comportamiento de las prostitutas. De eso sí que sé.

Todos aplaudieron la llegada del "poeta" excepto los niños, que no dejaban de mirarme como si me repudiaran por algo terrible. Envidia, por su parte, ladraba todo el tiempo y no quería separarse de mí. Se le veía ansioso, desesperado, como si necesitara advertirme de algo.

Entré por fin a la casa y sentí como si aquello se tratara de un universo de irrealidad. De no ser por el olor a berrenchín que guardaban las cosas viejas, y que atestiguaba fielmente la mortalidad de las cosas cotidianas, hubiera creído falso aquel espacio y aquel regreso. Algunas litografías que dejé en las paredes aún permanecían en sus lugares, empero opacas y casi ininteligibles. La telaraña había tejido un cielo raso en el techo interior de la casa y algunos hilos brillantes colgaban, dejándose arrastrar por el andar de la gente. Los rincones, en general, estaban limpios; tan solo en uno se advertían manchas amarillentas como de sangre vieja. Todas las cosas bien puestas en sus mismos puestos: junto a la puerta, la vitrina de roble donde mamá guardaba lo que ya no necesitaba; los periódicos apretados a los huecos de los calados; un nido de hormigas negras en la tierra junto a la pared; los remiendos de chapapote en el zinc; etc. Los dos únicos dormitorios de la casa allí estaban, intactos, oscuros. Al fondo, la puerta del patio estaba apretada a la pared por un caracol de piedra, y más atrás, en el traspatio, las sombras frescas de los guásimos donde viejos y jóvenes nos peleábamos a muerte el derecho a colgar una hamaca.

Mis padres, que me querían poeta, vendieron lo que no tenían y prestaron lo que no podían pagar para enviarme a estudiar a las ciudades frías del interior. Pero el arte de matar me pudo más que el de las palabras. Fue así y así lo quise. Terminé yéndome más al sur, seducido por la guerra.

La primera en abrazarme fue mamá.

—Madre, por favor —la empujé un poco cuando el apretón se alargaba más de la cuenta.

Luego fue el turno de papá. Recuerdo las palabras que usó mientras me retenía en sus brazos escurridos.

—Hijo, no sabes cuanto he sufrido desde que te fuiste.

—Ya está bueno —dije—. Hay que cambiar la cara. De ahora en adelante seremos felices en esta casa.

Diciendo esto, les entregué algo del dinero robado.

Mi madre se reía como una niña, enjugándose unas lágrimas de alegría y orgullo. Yo le sonreía. El sol estaba fresco, pero fingí ahogarme por la sofocación y me abrí paso entre los cuerpos para salir al patio. El perro se mantenía a mi lado con la lengua afuera, inquieto, angustiado. Mi madre salió más atrás.

—¿Y qué ha habido en estos años?

—Muertos, hijo —respondió mamá de camino al patio—. Tu hermano menor se ahogó una semana después de tu viaje; tus hermanos mayores, como pudiste ver, ahí están, bien dentro de lo que cabe; se casaron dos y viven aquí amontonados con sus familias, el único que no ha logrado conseguir mujer es Joaquín y ya tú sabes por qué. A tu tío Filadelfo lo desaparecieron en una finca de los Carriazo y a Lorenzo me lo mató un tractor.

—¿El loco Lore murió? —pregunté pasmado.

—Sí, mijo, hace tres días, dos meses y quince años. Se durmió en los algodonales y un tractor de los Carriazo le pasó por encima. Por lo menos eso nos dijeron. El tío Fermín es otro: murió fumando tabaco ahí bajo el almendro de la terraza; el pobre viejo se acostó en la mecedora y se le olvidó respirar. Y yo no es que esté muy bien, ando con unos dolores de cabeza que no me dejan tranquila.

Busqué con la mirada la maleta que robé del bus y allá se veía en la sala, los niños la rodeaban buscando la manera de abrirla. El loco Lore no estaba. El tío Fermín tampoco.

—El que debería caer tieso es el perro viejo ese que anda por ahí —dijo mamá con rabia—. Con Envidia no ha podido ni el hambre.

Un rato más tarde, después de dar vueltas por la casa, me senté sobre las raíces de los guácimos del patio. Vi entonces a mamá trayéndome un vaso de jugo blanco.

—Es de guanábana, el que te gusta —susurró desde la distancia—. Tras ella venían los más pequeños de la familia, quienes se sentaron en el suelo frente a mí. Ahora se veían amistosos, seguramente querían conocer algo de mi historia. Eso supuse.

Les iba a contar lo mismo que le narré a la anciana del bus, pero nada más antipoético que eso. Fue entonces que pensé en la historia que viví con Rosalba, mi única esposa.

Les sonreí a los niños y les pedí silencio y atención.

—La siguiente es una historia de amor que sucedió en estos años de ausencia —dije luego una pausa larga—. Rosalba Huamán se llamó la única mujer que tuve. Ella era alta, de contextura gruesa, manos grandes y pesadas. Decían algunos que de cara agresiva, pero para mí era más bien dulce. A veces me levantaba la voz y las manos, es cierto, pero era un espectáculo verla arrepentida y eso lo pagaba todo; parecía una niña pidiendo comprensión. Decía: «Es la última vez que te toco de mala manera, amorcito»; y me abrazaba, y yo me perdía en sus inmensos brazos enamorados. La quise de verdad, así como queremos los militares... que militamos el mágico mundo de la poesía, claro está. Ella también era poeta. Y ustedes también lo serán.

Le sonreí al público de niños.

—La quise como a nadie, incluso más que a usted —agregué mirando a mamá. Ella agachó la cabeza.

—¿Por qué no vino con usted? —preguntó un niño de pantaloneta roja.

—Eso no se los puedo contar —respondí.

Si es porque está muerta pierda cuidado —volvió el niño—, ya abuela nos enseñó sobre esas cosas.

—¿Está muerta? —insistió el más pequeño.

—¿Qué le pasó? —volvió el de rojo.

—Se suicidó para el cambio de milenio —les dije sin rodeos—. Ella me había invitado a que no estuviéramos en el mentado apocalipsis, pero yo no creí en ese invento ridículo. No pensé que lo estuviera tomando en serio. Semanas antes del fin de año, del milenio y "del mundo", la pobre se me enfermó. Empezó a agravarse a medida que pasaban los días y una mañana me pidió entre sollozos que fuera a la tienda por una cerveza: «Tengo la cabeza atormentada y necesito tomar algo, amor», dijo, y yo, como siempre, corrí de inmediato, ignorando que para el regreso estaría Rosalba regalándose a la muerte. Alcancé a verla viva, aunque fueron sus últimas sacudidas.

»Como pudo subió una silla sobre la mesa del comedor, enrolló en su cuello varias hebras de alambre dulce y se dejó caer del travesaño de madera que soportaba el techo. Lo hizo huyéndole a las supuestas llamas del fin del mundo. Así me lo dejó escrito en una nota. Increíblemente su cuello soportó el peso, aunque era espeluznante ver cómo el alambre se le incrustó... —Mamá me arrebató el vaso y noté en sus ojos un disgusto extraño. Luego sonrió como si nada.

—Es hora de cambiar de historia —propuse.

—¿Dónde vives? —preguntó nuevamente el niño de pantaloneta roja.

—Ahora aquí —contesté.

—No, yo no digo ahora, me refiero a estos años en que eras famoso; eso fue lo que nos dijo la abuela.

Todos miramos a mamá.

—A mí me dijo que usted tenía mucho dinero —volvió el más pequeño.

—Y que vendrías por nosotros para sacarnos de este pueblo y salvarnos de los malos —continuó el de rojo.

—Es cierto, su abuela no les mintió —dije, mirando a mamá con dureza.

—Tío, en dónde estuvo hace tres años cuando...

—Ya, niños —interrumpió mamá—, vayan a hacer las tareas que mañana deben bajar a la escuela.

—La escuela no la han reconstruido, abuela —dijeron los pequeños en coro.

—Ya les hablé y no pienso hacerlo dos veces. Mamá los hizo entrar a la casa.

—¿Alguien ha visto a Envidia? —preguntó papá entrando por la puerta del patio— ¿Dónde está ese hijueputa perro?

Me agradó confirmar que el viejo no había cambiado su manera de referirse a las cosas.

—Se la pasa es durmiendo todo el gran puto día —continuó—. El mal parido, no sabe otra cosa que comer y echarse a dormir en la piedra. Ya no caza, ni me acompaña a pescar; antes todas las tardes aparecía con un maldito conejo y, ahora ni las pulgas se rasca porque lo mata la hijueputa flojera. Ya le dije a esta —señaló a mamá— que le procure un pedazo de carne envenenada a ver si acaba con el desgraciado ese. Ya está viejo, no es justo que un perro viva más que la gente. Nada que haya perdido los dientes sirve para algo. Ahora hay que estar dándole cosas suaves y jugosas, sino se pone a aullar con una malparida tristeza para desesperarnos a todos; la solución es darle un pedazo de carne que lo fulmine, ya le dije a esta

—y volvió a mirar a mamá.

—¡Matémoslo hoy! —propuso uno de mis hermanos mayores, que no supe de dónde salió—. Pero no estoy de acuerdo que sea por envenenamiento; no merece que le paguemos de esa manera. Que esté viejo no es motivo para hacerlo padecer tanta agonía. Debe haber algo menos doloroso; ¿quién tiene un machete? —Nadie dijo nada—. Si le corto la cabeza de tajo no sufrirá sino un segundo y, así, ni él pasa una mala muerte, ni nosotros presenciamos su angustia. ¿Qué dicen?

No se movió una hoja en el patio. Todos se miraron con todos y luego esbozaron una sonrisa leve, entre ellos los niños asomados a la puerta. Al rato, se fueron todos y quedamos en el patio el pobre perro y yo.

Rayaba la media tarde cuando apareció nuevamente el tío Fermín.

—¿Cómo me han tratado al recién llegado? —dijo en voz alta. Y luego casi en susurro:

—¿Ya te reencontraste con todos? Espero que tu madre te atienda como lo mereces. Por cierto, a los viejos le vienen vainas raras a la cabeza y no hay manera de hacerlos entrar en razón. No le exijas mucho.

El tío Fermín se fue al fondo del patio y, mientras veía los cerros negros tras la sabana, dijo con la misma voz fuerte del principio.

—Mañana traeré un perro nuevo.

Y con las mismas se entró a la casa.

Esa misma tarde, a eso de las cinco, amarré a Envidia y lo llevé cerca de la Huerta del Diablo, donde la gente sacrificaba los perros con mal de rabia. Pasamos junto a la iglesia, la plaza, y la casa del velorio de la primera calle, que por cierto tenía las puertas cerradas. El pueblo estaba desierto y gris. Cuando llegamos al lugar previsto, una cadena de pequeños azulejos, que volaban casi a ras de la tierra, se dirigió de pronto hacia los confines de la huerta maldita, como si nos indicaran un lugar más apropiado. Fue entonces que resolví entrar con el perro en brazos. Como el mundo estaba en calma se me antojó ponerme a silbar una melodía. Estaba rodeado de pastos verdes y me era necesario un árbol para amarrar a Envidia; de haberlo herido allí, de seguro iría a morir a la casa grande, así son los perros. La hierba empezó a mermar y surgió un sendero de flores azules que marcó el camino hacia una ceiba enorme, el lugar perfecto. Pero parecía pegada al horizonte, como una pintura. Cada vez que miraba hacia atrás, las referencias naturales que tenía para regresar parecían trastocadas, como si me hubieran cambiado de lugar. Aun así, seguí caminando hacia la sombra de aquel árbol. Detrás del gran troco, destelló un sol moribundo que no le dejaba mucho tiempo al día, así que debía apurar mi labor para regresar a la loma antes que me cogiera la noche.

No hubiera podido encontrar una sombra más digna para darle muerte a un amigo leal. Envidia no dejaba de mirarme con unos ojos que rayaban entre el terror y la ternura; supongo que detrás había más bien un sentido de gratitud por ayudarlo a escapar de la vida mísera que cargan los perros en sus últimos años.

—Amigo —le hablé bajito—, pronto estarás en un mundo mejor que este, uno de solo perros. Hay quienes dicen que, por no conocer la maldad humana, los animales siempre van al cielo; todos, sin excepción; y que para los perros hay uno diseñado a su medida, una jauja real donde corren ríos de leche y peces de hueso, sin gatos y sin humanos, nada comparado con este muladar. Allá voy a enviarte.

Esas fueron las últimas palabras que escuchó.

Allí estaba yo, sentado bajo la fresca de la ceiba como verdugo y héroe, haciendo lo que me correspondía. Tomé el cuchillo que traía en la mochila y lo fui acercando al pobre animal. Le acaricié suavemente la cabeza, fui bajando por sus ojos, hocico, y al llegar al cuello, enterré con firmeza el filoso hierro en el degolladero. Envidia ni siquiera se movió, no chilló, solo agrandó sus ojos como si la vida misma le saliera por ellos. Cuando saqué el cuchillo, espabiló de dolor y repetí frenéticamente la operación otras tantas veces, más de las necesarias, pues ya había dado el último pataleo desmoronándose en cuerpo y alma, si es que tienen alma los perros.

Envidia me pudo haber sacado de esa maldita huerta, pero ya no había caso. El pobre estaba tan muerto como yo en vida.

El sol se había ocultado hacía rato, ni siquiera se veían esas hebras rojas que muestran el camino por donde desaparece. Para el regreso tomé el sendero de las flores azules, ahora luminosas, luego pasé a la hierba alta y, cuando debía aparecer la cerca, volvieron nuevamente las flores, la ceiba y la ciénaga. Todas las direcciones conducían a lo mismo: el brillo de las flores, la hierba, la ceiba y la ciénaga quieta. Cada intento de salida me llevaba al mismo lugar donde yacía muerto el perro. Agotado, acorralado por la noche y encandilado por las piedras del suelo que empezaban a encenderse, no tuve otra opción que lanzarme a la ciénaga oscura y nadar hasta que mi cuerpo desistiera.

Al día siguiente desperté bocarriba sobre una mesa. Un abanico zumbaba en el techo como si fuera a desprenderse. A mi lado izquierdo estaban sentados tres pescadores: dos viejos y uno joven.

—La gente dice que eres familia de los de la casa grande, ¿es eso cierto?

Asentí sin mirarlos. Mis ojos seguían el vaivén del abanico.

—¿Y cómo te sientes?

—Bien —les dije luego de un suspiro largo—. Llévenme a la loma, allá en la casa me cuidarán mejor.

—¿Quién? —diría nuevamente el primer pescador.

—Todos: mamá, papá, la familia.

Los pescadores se miraron desconcertados.

—Debes descansar —dijo el más viejo encendiendo un tabaco—. En la casa grande desde que pasó lo que pasó no vive nadie. En el pueblo no vive nadie. Sólo estamos nosotros y nuestras familias. De hecho, regresamos por la subienda del pescado, pero ya nos iremos de nuevo. Sumándonos entre todos, no somos más de veinte. Ayer una de nuestras mujeres te vio y corrió a avisarnos. Creímos que vendrías por el perro, lo único que quedó.

—¿Qué sucedió? —pregunté.

El abanico empezó a zumbar más fuerte. Uno de los pescadores lo desconectó de la corriente y en el silencio más absoluto, volvió la voz del viejo.

—Hace tres años un grupo armado llegó al pueblo y se quedó a pernoctar en la plaza. Nadie dijo nada; ese fue nuestro pecado. Al día siguiente se fueron bien temprano, agarraron camino hacia la loma y luego a los cerros de atrás. No pasó nada, creímos que esa sería nuestra única participación en la guerra: ver pasar a gente armada. Pero no. Dos noches después llegó un nuevo grupo. Eran por lo menos doscientos hombres de otra bandera, unos se apostaron en la entrada del pueblo, otros en la plaza y otros cuantos al pie de la loma de la casa grande. A pesar de la indeseada visita todos estábamos tranquilos, pensamos que al amanecer se marcharían hacia los cerros como los anteriores, pero no; estaban esperando la luz del día para cometer sus atrocidades y que todos viéramos la muerte de cada uno hasta que nos llegara el turno.

—Ustedes también ya están del otro lado ¿cierto? — dije sin quitar la mirada del techo.

—No, a algunos nos salvó la ciénaga. Cuando escuchamos los primeros gritos en la madrugada, saltamos a las canoas y nos volamos con nuestros hijos y mujeres. Lo que sé, es lo que escuché desde el agua. Hasta allá nos llegaban los gritos de los niños, los martillazos, el llanto de las madres, las ráfagas y los tambores celebrando las muertes.

—Ven tú, a ti te cayó el número —contó el otro pescador que así era como seleccionaban a las víctimas—. Yo sí estuve presente: nos reunieron en medio de la plaza para saber quiénes le habían colaborado al otro bando, y como no supieron de nadie, resolvieron jodernos a todos. A un lado pusieron a las mujeres y al otro a nosotros con los niños, y trajeron una mesa de carnicería con un sinnúmero de aparatos de tortura. Al primero le cortaron las orejas y los dedos, luego le clavaron un chuzo en la espalda y lo hicieron caminar para diversión de la tropa. Yo lo vi. Al instante las ráfagas lo descuartizaron. Todos en silencio esperábamos el turno, no había de otra. Dios nos dejó solos ese día, se ausentó igual que el alcalde para que nadie nos ayudara. Y sonaron los tambores de nuevo: «A ti te cayó el número», gritó otro uniformado señalando a Elvira, la señora gorda que vivía frente a la plaza, y entre cuatro hombres la ahorcaron con cabuyas. Luego fue el turno de Fidel el loco, y le siguieron Enriquito, que era esposo de la señora Mila, Ermides, Eliseo, Belén, de seis añitos, y junto a ellos más de 100 personas. Todas gentes como ellos, con caras y pies como ellos, con familias como también las tendrían ellos. Cuando se cansaron de matarnos de a uno en uno, nos rociaron ráfagas a los que faltábamos, dos tiros me cayeron en la espalda, pero no de gravedad, así que allí me quedé quieto, herido pero quieto, hasta que se fueron ya entrada la tarde. Todos dicen que el alcalde los financió.

—A los de la casa grande no les fue mejor —retomó el primer pescador—. El perro no debía ladrar y ladró. Estaría asustado el pobre. Arriba ni testigos tuvieron. A los niños les

metieron las cabecitas en bolsas negras, a tu madre le dieron
.de a garrotazos en la cabeza como quien mata una culebra, y a
tu padre lo enterraron vivo. Tus hermanos mayores intentaron
defenderse y los colaron a tiros. Por lo menos, eso fue lo que
vimos al día siguiente cuando nos atrevimos a regresar de la
ciénaga. El único sobreviviente fue el perro. Ahora el pobre se
la pasa día y noche montado en la piedra blanca, cuidando de
la casa. Cada que puedo le llevo algo de comer.

—¿Y Joaquín? —pregunté ya sentado en la mesa.

Ya Joaco el cimarrón estaba muerto un año antes de la
masacre. El mismo alcalde le disparó en la plaza frente a todos.

—¿Quién es el alcalde? —pregunté.

—Carriazo, el joven —respondieron los pescadores y
dejaron que el más viejo me contara los detalles del suceso.

Después de hablar con ellos subí corriendo a la loma. La
casa tenía un carácter fúnebre, abandonada al silencio del cielo.
Las puertas estaban trancadas y me fue imposible abrirlas.
Como si los muertos de la familia estuvieran empujando detrás
de ella. Tal vez sentían vergüenza de la verdad que ya sabía.

VIERNES

Esas semanas pasaron rápido, a diferencia de estas en que
me encuentro encerrado. He escuchado al guardia gordo de la
tarde decir que me tienen una sorpresa preparada para
mañana, que ya todos saben los métodos que emplearán
conmigo, que será lento y doloroso. Yo solo escucho y callo. No
le temo a la muerte, pero también es cierto que no la quiero
ahora. La verdad, preferiría quedarme encerrando aquí para
siempre, esta cárcel no es que sea tan mala, ya hasta empezaba
a cogerle cariño.

Al que no podré acostumbrarme es a Rigo. Apenas llegó
hace una semana y siento que lleva años torturándome con sus
espantosos ronquidos y su tos crónica. No me acostumbro a sus

bostezos exagerados ni a esa vergüenza de desearle los buenos días a los guardias. Su voz es ronca como si tuviera piedras en la garganta, como si cada palabra sufriera y saliera ya sin vida de su boca podrida. Aun así, terminaré por darme cuenta que es el único que puede ayudarme. Sin hojas y sin tiempo, solo me queda contarle a él los detalles finales. Cuando salga de este lugar y alguien quiera saber cómo sucedió todo, este hombre estará ahí para salvarme y que no se diga lo que no es.

Rigo me contó la razón por la cual lo habían traído a este hervidero. No lo juzgo. Me dijo que su mujer era la culpable de la desgracia que vive ahora; que la había golpeado después de una borrachera, como de costumbre; insistió en que empleó la misma violencia de siempre, ni mayor ni menor, y a la muy miserable se le había dado por morirse.

—Nunca le he pegado a una mujer —le dije.

Nos miramos a los ojos un momento, como sintiendo cada uno pesar por el otro; no éramos más que un par de presidiarios de pueblo, unos malos pequeños, insignificantes, indignos de encabezar los periódicos nacionales.

—Y tú, escritor, ¿por qué estás aquí? —preguntó Rigo.

—Por un muerto importante —le dije, y me recosté suavemente en el colchón a recodar los detalles que me contaron los pescadores.

El viejo Carriazo, dueño y señor de estas tierras desde hace más de veinte años, era apenas una oveja mansa comparado con su hijo José: José Carriazo. Es sabido en los pueblos de las ciénagas que quien ordenó la masacre fue él, el Carriazo hijo; incluso, hay quienes se atreven a afirmar que fue el responsable de la desaparición de su padre. Lo acusan de haberlo llevado río abajo en una lancha y de haber vuelto sin él.

Según la gente, el joven Carriazo compraba los votos con amenazas y no con láminas de zinc o bultos de cemento, como lo hacía el viejo. Se sabía que había adquirido las mejores tierras de la región al precio que él ponía, que violó a las jóvenes más bellas de por aquí y por allá, y que luego amedrentaba con sus armas a los familiares para que callaran. Llegó a tener decenas de fincas, y tantas vacas en ellas, que solo era comparado con las pecas en su cara y los muertos en su lista.

El día que mataron a Joaco, mi hermano, un año antes de la gran masacre, el pueblo estaba reunido en la plaza por orden del entonces candidato José Carriazo. Para ese momento, ya había hecho su campaña de humillaciones por todos los pueblos de las ciénagas y cerraría la gira en el nuestro. Cuando saltó a la tarima, todos, incluyendo mamá y mis hermanos, estallaron en aplausos. La gente gritaba: «¡Carriazo alcalde!», «¡Carriazo es el que es!», menos uno, el mayor de la casa, Joaco el cimarrón.

—Buenos días, pueblo —saludó Carriazo a la gente que abarrotaba la plaza—. Mañana la historia les hará nuevamente un llamado, el llamado de la democracia. Todos saben que represento la noble alma de mi padre, y que lucharé por todas esas cosas que necesitamos. Ayudaré a todo el que requiera ayuda y auxiliaré al que a gritos pide auxilio. No hay excusas, es muy sencillo votar; y más cuando se es candidato único. Esta aclaración va para los más viejos, que siempre salen con el cuento de no entender los tarjetones. Por otro lado, he sabido que en este pueblo también se viene difamando mi nombre, me han estado acusando de sucesos en los que mi padre muerto y yo no hemos tenido nada que ver. ¡Ojo, pueblo! No queremos tomar medidas de orden.

El joven político tomó un sorbo de agua y miró en silencio a la multitud pasiva.

Una brisa suave levantó la arena fina de la plaza y pequeños remolinos se elevaron en el aire, al punto que la gente tuvo que taparse los ojos. Cuando se deshicieron, la arena suspendida cayó lentamente sobre la gente. El sol asesino de mediodía estallaba en las piedras, y todos esperaban pacientes. Tras otro trago de agua, Carriazo volvió al micrófono.

—No olviden votar bien: Carriazo 08, Carriazo alcalde. ¡Música y comida para todos!

Luego del discurso las mujeres se fueron a sus casas. Las gaitas sonaron y las fichas de dominó rechinaron con fuerza sobre las mesas que llenaban la plaza, cada mesa con su botella de ñeque, cada mesa con su bulla y discusiones propias del juego.

Después de varias horas el desorden era total; un tapete de borrachos forraba la plaza y la banda dejó de tocar sus pitos. Los que estaban más lejos vieron como de pronto se formó una gritería en medio de la gente, y trompadas y patadas salían de un lado y del otro. Pero al instante se apaciguarían los ánimos. Quienes peleaban habían decidido resolver el problema jugando una partida de dominó.

En el centro, una mesa y dos jugadores. A un costado, José Carriazo con una ceja rota y, al otro lado, Joaquín el cimarrón, mi hermano.

Uno de los viejos más viejos revolvió las fichas y dio tres pasos atrás.

Carriazo era un zorro para jugar, cualidad que heredó de su padre, quien apostaba la casa en cada borrachera y jamás cumplía.

El sol de la tarde había enrojecido el cielo. Ni viento ni ruido alguno se atrevió a interrumpir la contienda; solo el resuello de dos hombres que apostaban todo y nada: el honor. Carriazo golpeó primero librándose de un doble seis y ahí siguieron reduciendo su manojo de fichas. El juego fue largo, cada turno era pensado con tal parsimonia como si se jugaran la vida. Sobre la mesa, el dominó parecía una serpiente blanca en espera de morder al perdedor.

Cuando el cimarrón estaba por soltar su última ficha, Carriazo lo miró fijamente y en un susurro amenazante le dijo:

—Si llegas a ganar no te quiero volver a ver en este pueblo ni en ningún otro de la región; estás más que advertido. Me pegaste, y no te mato porque mañana necesito a la gente —y luego agrandando la voz para el pueblo—: Todos saben que yo estoy acostumbrado a apostar en grande; así que tú, animal de monte, ¿qué me ofreces? —El cimarrón no respondió. Los ojos, que se le habían apeñuscado con los soles de tantos años, solo miraban el juego. En un momento levantó la mirada con ganas de decir algo, pero no supo organizar las palabras. Joaquín había sido criado en el monte. A los 8 años fue dado por mis padres a una pareja de viejos a cambio de dos vacas parías, y cuando murieron los viejos, volvió a la casa cansado y sin heredar nada. Su voz era grave y rústica, tenía los brazos largos y terminaban en unas manos enormes que espantaban a cualquier peleador. Era un hombre de ademanes severos, y jamás tuvo mujer porque no encontró quien se atreviera a lidiar con su descomunal miembro varonil. No había domingo que no apostara en la gallera. Cuando alguien moría en el pueblo se ponía ropa blanca, abarcas y un sombrero que heredó del abuelo. Era el primero en hacer presencia, motivado por los juegos de mesa que se acostumbraban mientras velaban al difunto. Así se pasaba las nueve noches de rezo, jugando dominó hasta que la luz del día lo sorprendía.

Bien entendido tenía el cimarrón que este altercado lo haría jugar su última partida; ya conocía él, de antemano, casos en los que Carriazo había matado solo por el gusto de matar. Pero, aun así, estaba decidido.

—Docto, yo sé muy bien quién es usted —dijo el cimarrón, como si las palabras le salieran solas—. Siempre me he sabido de lo miserable que es usted. Segurito va a ser alcalde de estas tierras mañana, sus artimañas no le van a fallar; pero hoy, aquí, no se va a conocer usted lo que es ganarle a un cimarrón, ¿oyó?

—Mejor cállate, animal —dijo Carriazo.

—Déjeme, docto, quiero darle un poquito de esperanza a esta gente: apueste las miles de hectáreas que le robó al pueblo en Bajo Grande, esas que nos quitó a la brava. Usted quería apostar en grande, ¿no?, pues por mi parte pongo en la mesa lo más caro que tengo: la mala vida que he cargado. No tengo más, ¿la quiere?; si es así, gánemela jugando. ¡Gánemela! Aunque ya debe estar empalagado con la cantidad de almas que carga en la conciencia, ¿verdad?

—Cuidado, que yo las injurias las hago pagar con sangre —dijo Carriazo entre dientes.

—Ya lo sé, docto. Sé bien que mandó a matar a machete al viejo Oliberto porque una de sus vacas estaba cebada en su huerta, huerta que le correspondía a él; sé también que por una discusión mandó a torturar a Abelardo Suárez hasta la muerte, y que luego se lo echó a los caimanes que esconde en finca Mariposa; sé que desapareció a los hermanos Prudencio porque se le interpusieron cuando pretendía llevarse a la menor de ellos, como lo ha hecho con decenas aquí en el pueblo, mujeres que callan las violaciones por sus amenazas y por tres miserables pesos que les da; sé que borracho le prendió fuego al rancho de la vieja Ligia Acosta sólo por la gracia que le hacía verla correr.

—Cállate, desgraciado —gritó Carriazo al tiempo que volteó patas arriba la mesa del juego. Pero el Cimarrón siguió:

—Sé también que al viejo Filadelfo, mi tío abuelo, lo desaparecieron para no pagarle 20 años que les trabajó como jornalero en la algodonera, pero ni tiempo hay de reclamarle a su padre, pues él también fue su víctima, víctima de lo que engendró; o usted cree que el pueblo no supo que quien empujó al viejo a uno de los remolinos del río fue usted mismo... ¡su propio hijo! Aquí todos piensan como yo, docto, pero callan por el temor que infunden sus matones, eso es lo que sucede. ¡Váyase para los cerros fríos de donde vino que a usted esta tierra no lo parió! —Concluyó Joaquín con determinación, como si supiera que estas serían sus últimas palabras. A una señal de Carriazo una decena de guardaespaldas le cayeron encima al cimarrón, y sobre ellos el pueblo entero.

El polvorín de la batalla cubrió la plaza. No se sabía quién le pegaba a quién, lo cierto es que, en medio del desorden, tres guardaespaldas y Carriazo lograron arrastrar al cimarrón hasta un lote vacío contiguo a la plaza, a donde iban a mear los borrachos. Cuando fueron a ver, ya mi hermano estaba muerto.

Eso fue lo que pasó, Rigo, así me lo contaron quienes estuvieron allí. Hace cuatro años Carriazo se cargó a mi hermano, y hace tres ayudó a que masacraran al pueblo; ¿no era eso motivo suficiente para que fuera hasta su finca y le arrancara la cabeza?

Agarré la toalla y me duché con medio balde de agua que le correspondía a Rigo, doblé algunas camisas que me faltaban y volví la cara a la pared, ya sin abrir los ojos.

Mientras me fundía en lo que sería mi último sueño, una corriente de aire que venía del patio entró a la celda y levantó las hojas escritas. Las escuché caerse. Un pájaro

grande golpeó la pequeña ventana de la celda, como si se hubiera estrellado. No me moví.

—Hasta mañana, Rigo, hoy me acostaré temprano. No quiero que la muerte me coja cansado.

Rigo no respondió, a lo mejor ya se había dormido.

SÁBADO

No pude dormir en toda la noche. Son las cuatro de la mañana, y mientras escribo algunos detalles finales, Rigo duerme. Intenté despertarlo, pero fue como hablarle a un muerto. Desde hace un rato escucho ruidos por los lados de la entrada principal. Deben ser ellos. Bajo la colchoneta de Rigo acuño las últimas hojas. Como última voluntad, insistiré en que se me otorgue el derecho de morir en La Huerta del Diablo: el lugar de donde vengo.

II. LA CEIBA DE PURREY

La vieja Alcira se hacía una trenza en el pelo, sentada sobre las raíces del mamón del patio, cuando tocaron a la puerta. Era aún de madrugada, en esas horas en que nadie visita a nadie, y menos en un pueblo donde no se escuchaba un solo ruido humano desde que sucedió la masacre. La última vez que llamaron, unas semanas atrás, imaginó que podía ser un vendedor de remedios caseros venido de otro lugar, y le gritó desde el corral que se fuera, que ella no necesitaba ningún nada.

—Las enfermedades si no son para matar, así como llegan se van —dijo esa vez, y remató con un «¡Vaya a robar al monte!».

Desde entonces, resolvió ponerle una tranca a la puerta para evitar a los molestosos vendedores que se van metiendo de casa en casa como si tuvieran ese derecho.

Si alguien la viera sentada allí en el patio a estas horas de la madrugada, cuando el mundo no es real todavía, pensaría que ha perdido el juicio, pero no; Alcira tan solo salió a botar los orines al solar que colinda tras su casa y, al regreso, sus piernas tropezaron y la hicieron caer de bruces contra las raíces. Eso pasó. Esperó un momento a que se le pasara el sofoco, pero cuando quiso ponerse en pie, las piernas no le respondieron. Compartían los mismos 96 años que ella. Estaban demasiado usadas. Como pudo se sentó en una de las raíces más planas y esperó inmóvil en la mudez del patio a que llegara la claridad. Justo allí habían empezado los llamados en la puerta de la calle.

Dos horas más tarde, cuando el sol empezó a alumbrar las puntas de los corrales y la puerta sonaba a intervalos más largos, Alcira tuvo la certidumbre de que aquellos porrazos eran más bien producto de su imaginación, como casi todo lo que la rodeaba, desajustes de sus oídos viejos, ecos de visitas de otros tiempos, o quién sabe qué, pero nunca la realidad. Aun así, seguía sintiendo la puya incómoda de la intriga.

—¿Quién será? —se preguntó en voz alta—, si en este pueblo ya casi no queda nadie.

Emiro, su marido y compañero de siempre, había muerto de un dolor en el pecho diez años atrás; Atanael, su único hijo, también la abandonó apenas se sintió voz de hombre; y amigos ella no tenía en el pueblo, ya todos estaban muertos. No tendría de qué preocuparse. Pero entonces el tuntún en la puerta volvió con más ímpetu y afán, sonando más a piedra que a nudillo de hueso humano, y empezó a sentir por primera vez ese miedo sereno que les da a los viejos ante la visita de un extraño. Desde donde estaba sentada hasta la entrada principal había un largo trecho: primero debía salir del patio, atravesar el bohío de la cocina y, ya dentro de la casa, cruzar un pasillo de tres dormitorios y una sala oscura para llegar hasta la puerta. Cuando se es viejo todo queda más lejos, pensó. No haría aquel recorrido de ninguna manera. De no estar engarrotada como lo estaba, iría tan solo hasta el anafe de barro en la cocina, se prepararía el café de siempre, e ignoraría aquellos falsos llamados. Pero ahora ni eso podía.

Una brisa fría remeció el mamón sobre ella. Miró a lo alto, y vio cómo una lluvia de florecitas blancas caía en espiral. Respiró profundo. Agudizó la vista y sobre las ramas descubrió una bandada de goleros que la avizoraban en silencio, quietos. No sólo allí, también estaban ahora sobre el bohío, otros asomados en el desván de la casa y un número mayor sobre el caballete del techo. Eran distintos, doblaban en tamaño a los comunes y corrientes y sus cabezas calvas estaban coronadas por una cresta larga y roja como las de los pavos. Ahora que sabían que ella los veía, sacudieron de pronto sus alas cual cobijas negras, y se lanzaron a la mitad del patio. Tenían una forma peculiar de moverse: daban varios saltitos a la vez y se quedaban quietos, luego se careaban hostilmente entre ellos y volvían a empezar de nuevo, una y otra vez. Hasta que salieron correteándose unos a otros, volando de aquí para allá, llenándolo todo con ese hedor mortecino que siempre cargan. Uno de estos pajarracos se paró frente a ella y ambos se vieron con espanto. Alcira notó que los ojos de aquel demonio titilaban como un incendio.

—Estas cosas no son de este mundo —dijo moviendo los labios, pero sin hacer sonido. Y pensó: "Quién sabe de qué infierno vendrán". Levantó con brío sus manos flacas para advertirle que no se acercara demasiado, pero el ave no se inmutó; más bien, extendió sus alas enormes, como midiéndola para engullírsela, y las demás la siguieron. Habría sido muy fácil. Ni un perro que les ladrara a estas bestias aladas, pues días atrás se habían comido todo lo que se movía en el patio. De los animales domésticos, ni las cotorras protegidas por las jaulas de alambre se habían salvado. Tan solo les faltaba la vieja.

—Al primero que se acerque le retuerzo el pescuezo

—amenazó como si se tratara de simples gallinas.

Las aves la fueron arrinconando contra el árbol, y Alcira, con la calma de los viejos que no tienen mucho que perder, resolvió taparse los ojos con las dos manos para evitar que se los arrancaran de entrada. Cuando el primero le saltó encima, un grito agudo que venía del callejón los espantó y echaron a volar desordenadamente. Apenas quedó el plumero negro volando en el aire entre las florecitas blancas del palo de mamón.

La anciana movió sus piernas y allí estaban: vivas, como si aquella dormición fuera obra de las aves infernales. Luego miró por entre los dedos y descubrió la figura de un niño bajo el dintel de la puerta del bohío.

—Ya no la asustarán más, señora —dijo sonriendo el pequeño.

—¿Y tú de dónde saliste? —preguntó ella más con reclamo que agradecimiento.

—Salté el corral del callejón. Estuve tocando y usted no me escuchó —respondió el niño, que tendría once o doce años—.

Es para una tarea. Papá dice que la única que puede ayudarme es usted.

Alcira le quitó la mirada, se levantó con esfuerzo y caminó hacia la cocina en su andar lento.

—Dile a tu padre que se busque otra persona, que yo nunca fui a la escuela.

—Es sobre lo que pasó en Purrey. Él dice que usted conoció a uno de los sobrevivientes, y que nadie más podría contarme lo que ocurrió de verdad.

—¿Y tú de quién eres hijo? —preguntó Alcira con curiosidad.

—De José María, vengo de la casa de la loma. Soy sobrino de Joaquín el cimarrón. A propósito, la tarea no es sólo para mí; mi hermanito está afuera esperando. ¿Puedo abrirle la puerta?

El niño no esperó la respuesta de la vieja y corrió por el pasillo de la casa hacia la entrada principal. Al momento aparecieron dos. El segundo, más pequeño, traía una bolsa con algunas frutas y las puso sobre la hornilla de barro. Alcira lo miró de reojo.

—¿Qué quieren saber?

—Todo —dijeron, y se sentaron juntos al borde de una mecedora de mimbre.

—¿Qué fue lo que pasó el día de la centella? —preguntó emocionado el primer niño.

—¿Conoció usted a los pescadores? —continuó el más pequeño.

—¿Es cierto que el diablo los calcinó en su huerta?

—¿Qué sabe de Emiro, el sobreviviente?, ¿lo conoció?

—Ya está bueno, carajo —respondió la mujer agarrando la tapa del caldero—. Viví toda mi vida con él. Lo soporté durante 72 años.

Alcira sopló el fogón y la ceniza liviana que cubría el rescoldo del día anterior, se levantó envolviéndola en un torbellino que la haría recordar aquella tarde en que preparaba la comida que llevaría Emiro a su último día de pesca.

—Hoy no llevaré nada —dijo esa vez el pescador, echando media docena de tabacos a la mochila—. Quién carajos se habrá inventado eso de comer tres veces al día, un pobre no debió haber sido. ¡Maldita sea hasta el mundo!

El viejo Emiro para ese entonces tenía sesenta años. Aquella tarde en que maldijo al mundo, se echó la atarraya al hombro y salió a encontrarse con ocho viejos amigos con los que por años había compartido las largas jornadas. Pasadas las cuatro de la tarde, al llegar a la orilla de la ciénaga al punto de encuentro, solo encontró a Oliberto, su compañero de canoa.

—¿Qué más, Oli? —saludó Emiro con su calma habitual—. ¿Qué pasó con los demás, se volvieron ricos?

—Aquí los únicos ricos somos nosotros que no cumplimos el horario. ¡Míralos! —dijo Oliberto levantando la cabeza y poniéndose las manos sobre los ojos como techo para el sol—. Allá se alcanzan a ver las tres canoas. Apúrate más bien, ayúdame a sacar esta vaina del barro. Emiro levantó la mirada y de inmediato quedó intrigado por la deslumbrante claridad de la ciénaga. Era tal la transparencia de la naturaleza que él sentía que podía ver más allá de lo que los ojos normalmente dejan. La bóveda celeste estaba completamente abierta, sin suciedades, y no recordaba haberla visto así antes. Bajó lentamente la mirada y reparó en el horizonte el sol rojizo que se alzaba a una cuarta de la ciénaga. Allí, en un camino de luz se perdían las canoas por la reverberación. Emiro se quedó viendo aquel resplandor por un rato, conmovido, ausente; hasta que lo rescató la voz de Oliberto:

—¿Te quedas?

—Vamos por ellos —dijo Emiro de inmediato, todavía con la mirada en lontananza.

Rápidamente sacaron la canoa del barro y se dispusieron a palear el agua con sus canaletes. Fue entonces cuando los alcanzó la voz de un niño. Oliberto, sin volverse a mirar, la reconoció de inmediato.

—Manda a decir mamá que no vaya a pescar, que se siente con dolores en el pecho y después no tiene quien la acompañe en la noche.

—Qué problema; siempre es el mismo cuento —renegó Oliberto—. Eso es lo malo de casarse con mujeres ya viejas y con hijos. No les faltan achaques.

Oliberto se despidió de Emiro con algo de vergüenza y, con el agua a la cintura, regresó caminando a la orilla. Luego se fue refunfuñando con el niño.

Emiro remó con dificultad entre un taponal que se había arrimado con la brisa y, ya en aguas limpias, emprendió la travesía. Para ese entonces ya tenía "Los tres niños en cruz": un tatuaje que llevaba en la espalda y que fue hecho por un viejo brujo venezolano para dotarlo de fuerza oscura. Nadie sabe si era cierto aquel poder, pero cada que peleaba en el pueblo, sus adversarios caían a la primera trompada. El canaletear ininterrumpido lo llevó a alcanzar rápidamente el grupo de canoas. Ya juntos, se saludaron, rieron un rato, y se adentraron a la enormidad de la ciénaga a empezar la faena de pesca. La sofocación era tanta que advertía un aguacero nocturno, ya sospechaban ellos. La tarde resultó más que exitosa. En por lo menos tres horas de pesca ya habían agarrado lo que correspondería a todo un mes en tiempo de subienda. Así pues, las celebraciones y reparos no tardaron.

—Llevaba como 15 años que no agarraba tanto pescado —dijo uno.

—Si los días siguen así de buenos, en unas semanas me despido de la pobreza —añadió otro, riendo.

—Aquí algo me huele mal, lo único que falta es que salten a las canoas fritos y sin escamas —agregó un tercero—; esto no es normal, ¿no se dan cuenta?

—Hoy contamos con suerte, eso es lo que sucede —respondió Emiro, aunque no muy convencido. Tras decir esto, lanzó de nuevo su atarraya.

—Aquí pasa algo raro —insistió el tercero—, siento que hemos agarrado todos los peces que nos correspondían en la vida.

Emiro sacó lentamente su atarraya y la vio repleta de mojarras, barbules, arenques, moncholos y otros peces que en su vida había visto. Los demás hicieron silencio. Un grupo de gallinazas grandes volaron al ras del agua junto a las canoas, y más adelante, parecieron lanzarse a la ciénaga en clara actitud suicida.

—Qué yo sepa, los goleros no nadan —examinó el tercer hombre—; ¿qué clase de aparatos son esos?

Antes de que respondieran, pasó un ventarrón que hizo zarandear las canoas al punto de casi provocarles la caída a todos. Se miraron las caras de nuevo, y comprendieron que debían regresar de inmediato. En tantos años de pesca jamás se habían presentado sucesos parecidos.

—¡Regresemos al pueblo! —gritó el primer pescador, ahora tan angustiado como el tercero.

—¿Qué esperan?, ¡rápido! —apuró a decir el segundo—. Hoy no será necesario quedarnos toda la noche, ya las cavas están repletas. ¡Vámonos!

El viejo Emiro se paró en la punta de la canoa, miró al cielo profundo con sus ojos pequeños y, como si hubiera tenido una revelación, bajó la cabeza de golpe. Su sombrero cayó al agua y se hundió como una piedra.

—Ya no alcanzaremos —concluyó.

Tan solo se escuchaba el chasquido del agua contra la madera. Los pescadores, conociendo a Emiro como lo conocían, no supieron qué más hacer ni qué más decir. La angustia previa al naufragio los había hecho entrar en pánico, pero uno de esos pánicos que en vez de hacerte gritar te paraliza los huesos.

El cielo se fue ennegreciendo cada vez más, y al instante cayó un aguacero que los golpeó como piedras. Las canoas estaban siendo empujadas hacia una niebla blanca y espesa, por aguas por donde jamás se hubieran atrevido ellos.

—Por acá —gritó Emiro rigiendo su canoa hacia un improbable borde de tierra que aparecía y desaparecía a cada relámpago, y las demás se fueron abriendo paso detrás en una fila torpe. Cuando se arrimaron a la orilla, vieron con horror que la tempestad los había conducido a una de los bordes de la Huerta del Diablo, y frente a

ellos, yacía oculta entre la bruma la inmensa Ceiba de Purrey.

Sin otra posibilidad, los siete hombres saltaron de las canoas desbocadas y corrieron a esconderse bajo la ceiba entre las raíces que se desprendían como columnas. Cada pescador se refugió en una de las siete oquedades del tronco y esperaron en silencio el paso del temporal.

El viejo Emiro se acurrucó sobre unas hojas secas, evitando tocar con el pie descalzo la humedad del suelo, y encajó sobre su cabeza la totuma de sacar el agua de la canoa. El resto de hombres, por su parte, mientras tiritaban de miedo y frío, se entregaban a toda clase de rezos. Para sorpresa de todos, y como si creyera poder tranquilizar a dioses y demonios, el viejo Emiro empezó a declamar una décima a todo pulmón.

Ueeeee

No hay lugar donde te metas

Que la muerte no te coja

Si te agarra no te afloja

Aunque millones le ofrezcas.

Te aconsejo que obedezcas

Si te va a notificar

Cuando te vaya a buscar

No le pongas mal semblante

Que bien sea atrás o adelante

La tienes que acompañar...

Ueeee

Aunque todos consideraron que cantar en esas circunstancias era un absoluto despropósito, ninguno se atrevió a interrumpirlo. Emiro siguió gritando con todas sus fuerzas, y su voz, perdida inicialmente en el escándalo de la borrasca, empezó a expandirse por el aire con mayor potencia e intensidad; tanto, que los ecos sobrepasaron la ciénaga y el pueblo, y fueron a estrellarse con las faldas de los Montes de María. Todos los pueblos del camino lo escucharon. El canto que iba y regresaba, resistía como si hiciera parte de la tormenta misma.

> La muerte barre con todo
> Barre con grandes y chicos
> Se lleva al pobre y al rico
> Hasta que nos vuelve polvo
> Se lleva al blanco y al negro
> Al simpático, al maluco
> Inteligentes y brutos
> Al corrompido y al bueno.
> A tu orgullo ponle freno
> Y no seas tan presumido
> ¿Que ganas de ser creído?
> Tan avariento y tirano,
> si te comerá el gusano
> Analfabeta o leído.
> Ueeee

Cuando Emiro dio el grito final, el cielo estalló sobre ellos. Los pescadores miraron hacia arriba en un solo movimientos y allí quedaron, petrificados, con el rostro del espanto. Una centella impactó en el pico de la ceiba hendiéndola desde lo alto hasta la raíz más profunda. Cuando llegó el tardío estruendo del trueno, ya no había quien lo escuchara. Seis de los siete refugiados estaban carbonizados.

El rumor de la tragedia llegó con la brisa de la mañana, y el pueblo entero se volcó al puerto a recibir a sus muertos. En hilera se iban arrimando las canoas a la orilla, al tiempo que un llanto desbordado los conmovía a todos. A Emiro, hubieron de llevarlo de inmediato al municipio, desnudo, con el susto aún en los ojos, pero vivo.

El sol no saldría sino hasta después de mediodía. Hasta entonces, no cesaron los gritos agudos y tristes de las mujeres, alaridos de dolor que se le metían a la gente por los poros y parecían recordarle sus muertos más viejos. Los cantos de Emiro habían sido entendidos por el pueblo como un llamado de auxilio, pero el grupo de canoas que fue al rescate no daría con ellos sino hasta la mañana, cuando ya la centella se había enfriado bajo la tierra.

—¡Señora, señora! —llamaban los niños a Alcira, mientras sacudían con sus manos pequeñas la ceniza que la sofocaba.

—Nos va a contar la historia, ¿sí o no? —agregó entre risas el más pequeño. Ya lo sabían todo.

—No hay mucho que decir —respondió la mujer, aún con el humo amargo en la garganta—. Emiro fue el único sobreviviente, pero nunca quiso hablar del tema; al menos no conscientemente. Los detalles que sé, se los escuché hablando dormido. Lo único cierto es que los muertos fueron llorados por el pueblo, enterrados y olvidados. ¡Acompáñenme!

La mujer entró a la casa y los niños la siguieron.

—Ustedes me van a ayudar con una cosa.

—¿Nosotros? —respondieron a dos voces.

—¿Quiere que le hagamos algún mandado? —dijo el mayor.

—No, necesito empacar. Me voy de este pueblo —explicó la vieja entrando al último dormitorio del pasillo, antes de llegar a la sala oscura.

Los niños se sentaron a un lado de la cama mientras ella sacudía el polvo de un baúl destartalado.

—¿Por qué vive sola en esta casa tan grande? —volvieron los niños, y, en adelante se turnaron las siguientes preguntas:

—¿Acaso no tiene hijos?

—¿Qué se siente ser tan viejo?

—¿Le tiene miedo a la muerte?

—¿Es él? —cerró el más grande viendo un retrato enmohecido en la pared de ladrillo.

—Sí, él mismo —respondió Alcira acercándose a la imagen—. Vivimos juntos durante sesenta y dos años. Se fumaba una docena de tabacos diarios, maldecía desde la salida del sol hasta que se ocultaba tras la ciénaga; maldecía a los gallos por despertarle a la madrugada en su única hora de sueño; maldecía la noche porque le abría las puertas a sus mayores ya espectrales y, mientras el pueblo dormía, él no pegaba el ojo y estaba condenado a escucharlos. Recuerdo una noche que llegó pateando las puertas después de una pelea en la que dejó casi por muerto a un amigo suyo; sacó de la cubierta el machete de jornalear y me buscó por todos los rincones de la casa para mocharme la cabeza; solo le faltó buscar en la alberca, donde me metí para su regreso.

Por esos días se llevó un susto en el patio. Había salido como todas las noches a orinar bajo el palo de mamón, y tuvo que devolverse corriendo a la cama temblando de miedo. Me juró que había visto en la sombra del árbol, la silueta de un hombre gigante que saltaba de una rama a la otra, pero que cuando miraba hacia arriba, solo veía el movimiento de las hojas. Con afán me contó que repitió esta operación varias veces para certificar que no estaba alucinando: «Miré al suelo y vi claramente al tipo, pero al mirar arriba, las ramas se movían como si hubiese saltado a la invisibilidad, ¡maldita sea!», volvía a repetir. Al día siguiente se levantó con el machete en la mano y cortó todas las ramas del mamón hasta dejarlo en el esqueleto pelado. Alcanzaría tanta leña como para dos años sin dejar apagar el fogón. El tronco no volvió a florecer sino hasta después de la muerte de Emiro.

—¿Ustedes de quién es que son hijos? —Preguntó Alcira.

—De José María y Carmen. Dijeron los niños de nuevo en una sola voz.

—Venimos de la casa de la loma —agregó el más grande.

—¿Y qué hacen aquí? —dijo ella con verdadera curiosidad.

—Nos pidió que le ayudáramos a empacar —respondió el más pequeño.

—Yo no me voy a ninguna parte —dijo Alcira, y sacó unas fotografías sueltas que escondía debajo de la almohada. Los niños sonrieron y se sentaron junto a ella.

—Emiro y yo tuvimos un solo hijo: Atanael. Pero nos abandonó temprano. Se fue para Venezuela porque lo convencieron que allá se haría rico, pero que va; terminó encontrando la muerte por una mujer casada. Aquí solo me acompañaba Emiro.

—¿Ya conocieron la casa?

—Sí, señora —contestaron los niños.

—Esta casa es inmensa —dijo la vieja alargando las palabras—, un laberinto de paredes y cuartos que conozco hasta con los ojos cerrados. La diseñé para toda la familia previniendo la soledad, pero ya ven. No di para parir sino uno solo, y malo. Así es la vida. Aún no me explico cómo sigo viva: a veces me olvido de comer durante semanas enteras; respiro porque esa cosa funciona sola, sino lo olvidaba también. Tantos años haciendo los oficios de la casa la terminan reventando a una; pero bueno, aquí sigo, o al menos eso creo. A veces escucho voces que me dicen desde el corral que por qué no salgo de la casa, que me voy a podrir aquí; pero yo no les hago caso. Que busquen oficio y me dejen tranquila, que bastante vieja estoy para que me estén diciendo qué hacer y qué no. Mercedes también es otra: que día le dije un poco de groserías, porque supe que salió regando el cuento que yo estaba loca. Loca ella y su madre.

—¿Está usted enferma? —preguntó el más pequeño.

—Tengo 96 años encima y el único mal que me aqueja es la memoria, no sé dónde la dejo a veces; pero así mismo se me olvida también que ese es el mal que tengo y entonces no es tan grave. Realmente mi problema no es con la vejez, ni con la soledad, ni la enfermedad, es con Mercedes. ¡Primero ella y luego yo! Eso es lo que me he repetido desde que la escuché diciendo que se tomaría el café de mi velorio. Ni más faltaba.

Esa espera me mantiene con vida. Que se joda muerta ella primero.

—¿Quién es Mercedes? —preguntó el mayor.

—La vieja chismosa del lado. El tormento ese —dijo Alcira con rabia—. Mercedes y yo estudiábamos juntas por aquellos años en que se hundió el Titanic, y desde entonces no ha hecho más que coquetearle a Emiro. Incluso hasta después de muerto. Ella podrá ganarme en culo, pero no en inteligencia, me dije, y así fue: me quedé con él hasta la tarde en que se le explotó el corazón al pobre. Ahora, a ella, al igual que a mí, la vejez nos humilla y nos entorpece la cabeza, pero yo no se lo demuestro. No, señor. Le hablo fuerte como en mis años de gloria y me muestro sonriente cuando me observa por el corral. Es por ella que sigo viva, tal vez.

—Al lado no vive nadie, señora —dijo uno de los niños—; en este pueblo ya no queda nadie. En la matanza de hace unos meses también cayó la señora Mercedes.

—¿Ah sí?, pues está bien que se haya jodido —dijo Alcira algo consternada—. Eso es mejor a tener que vivir por vivir en este moridero.

Alcira reunió las fotografías, las metió en una mochila junto a otros papeles viejos y salió de la habitación rumbo al patio. Los niños más atrás.

—Este pueblo fue alegre y vivo en un tiempo, pero los nuevos años lo fueron apagando. Los días aquí son eternos, silenciosos e insoportables, ya lo irán entendiendo ustedes.

Justo antes de llegar a la cocina, Alcira se detuvo y reparó a los niños de arriba abajo.

—Bueno, voy hacer oficio. ¡Váyanse! Yo no tengo por qué estar contándole mis asuntos a unos pelaos entrometidos. Ya bastante tiempo les he dedicado y eso es precisamente lo que no tengo; y llévense esas cosas que yo no me estoy muriendo de hambre.

Los dos niños salieron corriendo de la casa riendo a carcajadas. Uno de ellos dejó caer un cuaderno al pasar por la sala oscura, pero ya no volvió por él. Se detuvieron simultáneamente en la mitad de la calle, sacaron de sus bolsillos unas bolsas negras y, con el rostro cubierto, volvieron sus cabezas hacia el interior de la casa. Desde el fondo del patio la vieja los seguía con la mirada, incluso aún después que sintiera que los goleros empezaban a desgajarse del cielo. Alcira abrió los brazos y los esperó. Sabía que, pasara lo que pasara, al día siguiente despertaría en la soledad desgarradora de siempre, vieja y abandonada, como el pueblo que aún habita.

III. MECIENDO AL HIJO MUERTO

Cuando Mariana Meza entró a La Huerta del Diablo con el niño robado en brazos, el pueblo entero perdió cualquier esperanza de rescate. La habían estado persiguiendo desde la tarde anterior, primero por los barrios de arriba, donde se hallaba escondida entre callejones y casas abandonadas, y luego por la calle principal de abajo, en medio de los gritos de la gente enardecida. La mujer, exhausta de la carrera y aterrorizada por los gri tos y las piedras que rechinaban a su paso, no vio otra salida que tomar la calle sur que lleva a la salida del pueblo, donde se encuentra la huerta maldita.

Fue a eso de las seis de la tarde, cuando ya maduraba el día, que la gente vio cómo se abrió el portón de la huerta y la mujer era engullida por las sombras del monte. No se pudo hacer nada; solo llorar, y eso no tiene valor alguno ante una desgracia como esta. Tan solo lograron rescatar algunos retazos de sábanas con los que Mariana llevaba enrollado al recién nacido.

En La Huerta del Diablo no vive nadie ni se cultiva nada, de hecho, ha estado en el abandono por más de un siglo y se ha vuelto monte salvaje. Algunos jóvenes entusiastas y hasta tontos han creído resuelto su enigma afirmando que es un portal alienígena que conduce a otras dimensiones, o un punto astral o electromagné tico de la tierra, etc., pero nada de eso, los viejos saben que se trata de una de las tantas propiedades que tiene el diablo sobre la tierra. Lo saben porque lo han visto. Ni siquiera el más valiente robador de terrenos (de esos que no faltan en los pueblos del mundo) se atreve a invadirla, pues sabe del final terrible al que se expone. Casos y ejemplos los hay, las historias son viejas y muchas, y la gente las conoce muy bien.

Tras un momento de descanso en el que la familia del niño raptado tuvo tiempo de llorarlo, la gente acordó seguir por los lindes de la huerta buscando más la venganza que un rescate. Se decía que la maldición de aquel monte era, entre otras cosas, selectiva, y actuaba contra todos, menos con quienes ya llevaban a cuestas vidas miserables (enfermos crónicos, dementes, cantautores mediocres, condenados a muerte, etc.; estos, de por sí, ya venían alienados de fábrica y llevaban la maldición por dentro).

Mariana deambuló a campo traviesa durante toda la noche. Entre árboles de dividivis y ceibas milenarias, buscó y buscó una salida que la llevara a las sabanas secas que se alzan tras la huerta. Los fantasmas, espantos y, en general, cualquier aparato maligno de que se hable en el mundo, se vale siempre de la cordura y el buen juicio para existir; por lo que asustar a una mujer liada en un terror superior no vale la pena. Ese gasto innecesario de energía cualquier espanto con tres dedos de frente lo sabe. Así pues, Mariana, sin mayores problemas, consiguió escapar de la huerta antes de que llegara la claridad del día. Pero no se había percatado de que, por venir sofocando al niño con tal fuerza en el éxtasis de la carrera, ya este había dejado de llorar para siempre. Ahora no era más que cualquier cosa: un bultito muerto, una algo ahí, sin aire y sin más movimiento que el zangoloteo propio de la marcha. Sabrán en cualquier pueblo al que vaya, que no es de ese cuerpo seco y viejo de donde salió el pequeño, sino de otro vientre.

Aunque luce un semblante sereno, Mariana piensa igual que todos los locos de la región; esos mismos que deambulan por las calles diciendo cualquier cosa, tirando piedras y comiendo lo que pueden. Por eso está tan flaca la pobre, que el viento no tiene cómo sacudirla. Pero no siempre fue así: antes de convertirse en lo que los niños hoy llaman la Loca Mariana, ella era una mujer distinta: una trabajadora incesante que vivió enteramente para su familia, lavando en casa ajena, vendiendo cuanta fruta daba la región, etcétera; haciendo, además, las veces de Robinson Damián, el padre de sus tres hijas, al que poco veía pero que ella amaba y defendía con fiereza. Así había vivido por años mientras sus hijas se hicieron adultas, hasta que la tragedia la alcanzó y el juicio la abandonó para siempre.

Aún hasta aquí llega el rumor del pueblo. Es la hora en que el sol corona el centro del cielo y se empieza a ver el humo de los fogones subiendo a la inmensidad. A duras penas se escuchan los aullidos de los perros; se oyen allá arriba, lejanos, como si el sonido rebotara entre los ríos de humo que suben. En medio de estos chorros negros hay uno que sobrepasa los otros, uno más denso y turbio que revuelve el aire de más arriba; el viento lo arrastra hacia el sur, halando sus mechones para alejarlo del pueblo, pero él se resiste. Es la casa de Mariana que arde en el fuego. Al pueblo no le importó que haya estado deshabitada; la gente la quema para apaciguar su rabia, su dolor. Alrededor de la humareda vuelan los grandes goleros del caserío acompañando el escándalo.

Desde esta mañana la mujer no ha parado de andar, hasta llegar aquí, bajo la poca sombra que ofrecen las flores rosadas de este guayacán. Por suerte encontró refugio en este peladero fuera de La Huerta del Diablo. No hay mucho por aquí, ni árboles, ni gentes, ni nada; solo lomas secas por las que el viento rebota torciendo lo poco que encuentra. La brisa se ha ensañado tanto con el cuerpo del árbol, que se ve rendido, a punto de caer.

A la medianoche de ayer, sus tres hijas escaparon del pueblo apenas supieron que la gente buscaría vengarse. No tuvieron de otra. Cargaron sobre una canoa las cosas que habían conseguido en los últimos años y se echaron a la ciénaga en busca de los pueblos de la otra orilla. Últimamente habían vivido solas y sin marido, sin padre ni madre, haciendo y deshaciendo con los hombres que salían de los montes cansados de jornalear. Tenían esa fama, y bien ganada. Lo mismo harían al otro lado: amar y pelear. Era lo mejor que sabían hacer. Y es que en los años en que hicieron lo que quisieron eran diarias las desavenencias con las vecinas del pueblo.

—Vean, malparidas, cada quien hace con su cuerpo lo que le venga en gana —les respondían a las mujeres que pasaban no más que para insultarlas. Por eso permanecían día y noche con la puerta de la calle cerrada. En el corral del patio tenían un portoncito rojo por donde apenas cabía un hombre flaco. Sobre el portón, un letrero: "Las Tres Marías". Era por ahí donde entraban y sacaban a sus amantes.

Cuando empezaba a clarear el alba, las Tres Marías salían desnudas al patio y se turnaban una totuma en la alberca para sacarse el sudor de los hombres de la noche. Por las rendijas que se hacía entre el corral de guaduas, se escondían los niños, quietos y en silencio, solo por contemplar esa cosa peluda y misteriosa pegada en medio de ellas, como si fueran musarañas que ya no podían arrancarse. Apenas las mujeres veían los ojos saltones entre el corral, les lanzaban agua y maldecían hasta por los codos. Luego reían con toda la boca y metían sus cuerpos blancos y óseos al interior de la casa.

En los primeros años, cuando aún eran una familia como cualquier otra, Robinson llegó a la casa con un aparato que le quitó la tranquilidad al pueblo entero. Un "picó" de dos metros de alto por tres de ancho, con tres bocinas gigantes sobre las que se inscribía el nombre de su propietario: "Robinson Damián". Este hombre la juventud la había malgastado en negocios de poca monta, generalmente en correrías a pueblos más pobres que este, llevando desde perfumes hasta finas angarillas de burro que a nadie interesaba y, eso sí, trayendo cuanta baratija le ofrecían, de modo que nunca logró salir de la pobreza. Los últimos años se le fueron en un ir y venir a Montecristo, las tierras altas que se alcanzan a ver por el norte cuando el día está claro; tierras lejanas, pero llenas de minas de oro para todo el que fuera, al menos eso decían. Lo cierto es que Robinson no trajo más que un cajón de música, cansancio y decepción. El oro, por supuesto, se había acabado. Así se la pasó varios años, yendo y viniendo como quien no quiere perder la esperanza de la última esperanza.

En los tiempos en que Robinson anduvo picando piedras en las minas de Montecristo, Mariana y sus tres hijas, ya adultas, decidieron convertir la casa en cantina. Tomaron como suyo a "Robinson Damián", el picó, adecuaron los cuartos y la sala, y empezaron a ganar clientela: todos hombres del monte. Solían ponerse cortos vestidos que, con los tragos y la algarabía, terminaban perdidos entre la jauría hambrienta de mujeres. El viejo Robinson había encontrado su perdición el día que compró aquel aparato y aún no lo sabía.

De aquellas bacanales no se habló a la última llegada del hombre. Las mujeres, con más rabia que miedo, apenas supieron de su regreso escondieron las mesas del negocio. Pero era un hecho que no se esforzarían demasiado por parecer las de antes. La nueva vida les gustaba y no la cambiarían por alguien que llegaba y se iba cuando le venía en gana.

—Siga, señor —dijo una de las hijas entreabriendo la puerta.

—Espere aquí en la sala —dijo la segunda.

—Si quiere siéntese —concluyó la tercera.

Ninguna agregó nada más, y se encerraron en uno de los dormitorios de la casa. Mariana salió al rato con un camisón azul y se fue directo al patio. El recién llegado la siguió con una sonrisa amistosa.

—Estoy de vuelta, mija.

La mujer no se volteó para decir lo que dijo.

—Ahora que te reposes agarras la maleta y te devuelves por donde viniste. Aquí ya no eres bienvenido.

Robinson la miró de arriba abajo con extrañeza, e intentó sonreír sin éxito.

—¿Esa es la manera de recibir a tu marido? ¿Así recibes a quien vuelve de joderse el lomo por ustedes?

—Y luego dejó una pausa—: ¿Qué pasó aquí?

La mujer le fijó la mirada.

—Ya ésta dejó de ser tu casa, y tú ya no eres mi marido —respondió—. Dos años han pasado, Damián, y ni si quiera nos enviaste una razón. Tú muy bien sabes que en este pueblo los días parecen años. El abandono en que nos has tenido no tiene perdón. Ahora vete, y rápido, antes que se compliquen más las cosas.

—¿Te buscaste marido, acaso? —preguntó el hombre, y al no obtener respuesta, continuó—: ¡Ana María, María José, María Cecilia!, ¿acaso no piensan recibir bien a su padre?

De la puerta del dormitorio, que se alcanzaba a ver a duras penas por un hilo de luz que corría por el piso, no salió nadie. Nada se movió. El hombre se sentó en una mecedora junto a una mata de calaguala y esperó impaciente.

Una brisa suave hizo mover los cogollos de los árboles del patio y cayeron algunas hojas biches. El hombre se levantó con el fresco, como si nada, y se paró frente a la alberca.

—Te he dicho que debes lavarla cada tres meses, que después es imposible arrancar esa lama verde que se prende a las paredes. También tenemos que conseguirnos unas mojarras negras para que se coman los gusarapos.

Luego miró al fondo del patio:

—¿Y ese portón rojo?, ¿desde cuándo uno debe entrar escondido a su propia casa?

Mariana fue por una escoba que estaba recostada junto a la puerta y la volteó boca abajo, sin replicarle nada. Robinson Damián entendió el mensaje que encierra esa acción, y se le fue subiendo la sangre a la cabeza.

—Vete, Damián —insistió la mujer—, vete antes que haya una tragedia en esta casa. Ya tú no perteneces a este lugar, ¡llegas tarde! —la mujer señaló un sombrero que estaba colgado en una de las guaduas más largas del corral.

—Vete, antes que él regrese.

Diciendo esto, Mariana se acercó más a la puerta buscando sentirse segura, se levantó el ancho camisón que llevaba puesto y dejó al aire su pálido vientre. Hacía cuatro meses que guardaba dentro de ella este presente de uno de los hombres del monte; uno que también se iba y venía a su antojo. Robinson se mantuvo serio y callado sin saber qué hacer. Intentó acercarse a la mujer, y se detuvo, y luego nuevamente, sintiendo ya en las tripas la amargura del desprecio. Ella, que sabía muy bien de los alcances del tipo, de no ser por un temblor que le bajó por las piernas y le impidió moverse, hubiera salido corriendo. Robinson, con las fuerzas que aún tenía, apretó los puños, miró al cielo como pidiendo perdón por algo terrible que haría, y se abalanzó sobre la mujer, que por suerte ya no estaba. Como pudo, Mariana había corrido al cuarto donde la esperaban sus hijas y pusieron una tranca de corazón contra la puerta. Luego lo siguieron con el oído por toda la casa, esperando a que el mundo se cayera.

Pegadas a la puerta escucharon los pasos precitados del hombre; primero moviéndose con cuidado por los lados de la sala, esculcando entre unas cosas, y luego saliendo de nuevo al patio. Segundos después, oyeron el chirrido que producía un machete al afilarse.

En el techo de zinc cayó de pronto una gota gorda que rechinó como piedra, y luego otra, y otra. Una nube densa que había descendido sobre el pueblo dejó caer un aguacero como en años no se veía.

La casa se fue desmoronando a pedazos ante la furia del hombre. Del gran cajón de música sólo quedaron trozos regados a lo largo de la sala. La enramada de la cocina se esparcía por el patio como arrastrada por un vendaval y, a la puerta del cuarto de las mujeres, aún en pie, no le cabía un machetazo más. La furia del aguace ro disminuyó un momento y un grito del hombre logró colarse a la habitación con una sentencia de muerte:

—¡No conocerás la cara de eso que llevas adentro!

—y luego nuevamente subió el escándalo del agua en el techo.

La amenaza siguió retumbando con los días. El hombre subía y bajaba la calle echando ojo hacia el interior de la casa. De él, decían los vecinos que ahora vivía en un rancho abandonado a la salida del pueblo, que allí colgaba una hamaca para pernoctar y en el día se caminaba el pueblo de punta a punta sin hablarle a nadie.

Solo seis días tuvieron de pasar hasta la trágica madrugada del domingo.

Una atmósfera fría y soporífera envolvía al pueblo. Arriba, una masa de nubes grises se movía hacia el cielo de La Huerta del Diablo, lentas columnas de vapor que iban a deshacerse allá donde el viento es más helado.

La noche anterior, Mariana y sus hijas estuvieron despiertas hasta tarde dando vueltas en una cama, todas juntas, una sobre otra, quitándose el frío y el miedo que las agobiaba.

—Mañana vayan y hablen con su padre —diría repentinamente la mujer después de un suspiro largo y doloroso, como si llevara días pensándolo—. Háganle entender que no podemos vivir con esta zozobra, que ya está bueno. Que nos deje de joder.

Las hijas se quedaron quietas un rato, luego se revolcaron en la cama buscando acomodo, pero el roce de la una con la otra las obligaba a moverse de nuevo. Y volvió la voz de la madre:

—Hijas, vayan mañana temprano y hablen con Damián; díganle que el papá de este que cargo adentro salió más desgraciado que él, y también lo mandé al carajo. Pídanle que se arrepienta de lo que dijo. ¿Me están escuchando?

Nada respondieron las hijas. Ya se habían dejado de mover de nuevo. La noche fue un suspiro y llegó la madrugada. Ya no había tiempo.

Adentro: el resollar de cuatro mujeres amontonadas por la preocupación, y afuera, el viento frío metiéndose por todos los rincones del pueblo. Una luna grande y viva lo alumbraba todo; hacía brillar hasta los ojos tranquilos de los sapos que a esa hora buscan qué avechucho comerse. Los charcos replicaban lunas en el patio, la alberca rebosada de agua lluvia, zarandeaba sus pequeñas olas contra los bordes, salpicando la tierra mojada. En medio del corral del fondo, la puerta roja se entreabría como si un animal ajeno se hubiera metido al patio, y encima se hallaba quebrado el bombillo rojo, ese que no volvió a encenderse desde la llegada del hombre. Hasta la mitad del patio daba la sombra del corral y, más cerca de la casa, caía larga la sombra de Robinson.

Ni las gallinas lo habían sentido. Estaban acurrucadas en la cima de un ciruelo sin hojas, una encima de la otra tiritando de frío; a veces sacaban un chillido largo y triste como si se les escapara del sueño. Faltando poco para las cinco se abrió la puerta del patio. Era Mariana agarrándose de lo que podía en la penumbra, tuntuneando. Como todos los días, había salido a sacar los orines de sus hijas antes que despertaran los vecinos. Quitó con cuidado la hoja de zinc que tapaba el hueco de las necesidades y los vertió con la calma que da esa hora. De inmediato puso la tapa antes de que el pozo expeliera los olores removidos.

Lavó la bacinilla con agua de la alberca, la sacudió tres veces sin hacer ruido y se quedó quieta en la mudez del patio. Miró hacia el portón rojo y su mirada traspasó por la puerta entreabierta.

—¡Jesús Nazareno, protégeme! —susurró aterrorizada. Cuando giró para correr, ya el cuerpo del hombre le cerraba el camino. Antes de poder gritar, estaba acostada con el Robinson encima. El hombre alzó una piedra con las dos manos y Mariana solo pudo cerrar los ojos, tensando el cuerpo para soportar el dolor que le vendría. Nada más eso hizo. Nada más eso pudo.

La mañana del domingo en que ocurrieron los hechos no estaba el doctor en el pueblo, así que hubo de ser llevada a lomo de caballo hasta el municipio más cercano. Fueron por lo menos dos horas de camino, doblada, con la barriga hecha pedazos, saltando en el anca del animal. Allá se estuvo un par de días, y cuando se sintió con fuerzas, se escapó y volvió al pueblo para no dejar de caminar nunca más. Sus hijas al principio trataron de hacer que volviera a la casa, pero eran apedreadas sin consideración por ella misma, su propia madre, por lo que terminaron dejándola a su suerte.

Los días siguientes pasaron rápido: el sol rompía violentamente y al instante era apagado por la noche, y luego el día fatigante volvía para morir de nuevo en la oscuridad de la noche siguiente; día y noche, como llevados por un torbellino, en un eterno morir y nacer. Y el pueblo ahí: muerto en vida. Existiendo porque sí. Como si el permanecer fuera ya una gran hazaña. En esos días vacíos no cayó una sola gota del cielo, las nubes lucían escurridas como las ubres de las vacas viejas, esas que ya no sirven sino para el matadero. Pero, así como se secaron los arroyos, también lo hicieron las heridas de Mariana; las que se podían ver; las otras, las más dolorosas, y que según la gente se encuentran en el alma, no. Acaso ¿dónde queda el alma?

Pocos meses después del terrible suceso, las hijas encendieron nuevamente el bombillo rojo que alumbraba el letrero de las Marías; consiguieron una nueva caja de música y volvieron los hombres. Parecía que todo había recuperado el orden. Mariana, sin embargo, no volvió más a su casa desde aquella mañana en que el Robinson, a fuerza de piedra, le mató a su hijo en el vientre.

A Robinson Damián nadie lo volvió a ver, pero los díceres de la gente del pueblo corrían por las calles: Yo lo vi por los caminos de Tacamocho huyendo en un caballo. A mí me dijeron que se había devuelto a Montecristo esa misma mañana después que casi mata a la pobre mujer. Mi mujer lo vio hace tres noches por la casa de la loma, ese hombre sigue rondando por aquí. Fulano me contó que se fue a cultivar tabaco a los montes de María. Mengano dizque lo vio cortando leña por la Huerta del Diablo, ¡ni sabe él! A ese hombre lo mataron en Cerro Prieto... sería más sencillo contar las cosas que no dijeron, de tanto que habló la gente.

Esta mañana, los ruidos del monte despertaron a la mujer de un sobresalto, allí en la maraña seca donde había caído rendida. Sacudió la yerba del cabello del pequeño, que había rodado por ahí como una pelota, y fue a lavarse la cara en un riachuelo que alcanzaba a resplandecer cerca. Vio su rostro en el agua y no pareció reconocerlo; tantos años a la intemperie habían hecho mella en él. Se estuvo allí un rato largo, descifrándolo, viendo cómo flotaba su rostro en el agua y en el cielo, hasta que un murmullo de gente la alarmó y entonces apuró la huida hacia las lomas peladas de la sabana.

Ahora se halla dormida bajo la sombra de este viejo guayacán rosado que presta sus flores y la resguardarla del sol. El viento recio del verano las ha ido arrancando de una en una y se han acolchado en el suelo. Las ramas más altas ahora son huesos pelados. Al lado de la mujer yace el infante marchito. La carita le quedó paralizada en una expresión de terror, como si la muerte lo hubiera asustado y aún quisiera dar un grito. Su cuerpecito está pálido, tieso y frío, como solo lo tienen los muertos.

La cara interior de unas nubes desflecadas luce como si el sol crepuscular las hubiera madurado. Cirros desde donde se ven caer esas gallinazas grandes que vuelan sin hacer ningún esfuerzo, que sólo con abrir las alas llegan hasta cualquier muerto que esté bajo el cielo de Dios. Hasta aquí han venido atraídas por el hedor, dispuestas a despedazar lo que no se mueva. Eso hacen siempre. Una de ellas sacude sus alas junto a la bola de sábanas en que está envuelto el niño y termina despertando a la mujer.

—¡Shooo! —gritó ella. Su voz rebotó de loma en loma y se fue en ecos hacia los lados del pueblo. Tan solo quedó el plumero negro en el aire.

La mujer cargó entre sus brazos al pequeño y, con gran esfuerzo, empezó a mecerlo al viento. Caminó descalza alrededor del tronco doblado que la protegía de nada, y dijo:

—Déjame quitarte el frío, hijo. Deja que solo tu madre te hable. Deja que solo mi voz te cante.

Arrurrú, mi niño, si estás escuchando
Arrurrú, mi niño, no sigas llorando
Es tu madre vieja quien sufre si lloras
Es tu madre vieja la que al cielo implora
Mi niño, no llores tan fuerte,

que nos encuentra la muerte.

—¡Allá está! —gritó un hombre que se alzaba en la loma anterior, y tras él emergió el pueblo con piedras, palos y machetes. Decenas de hombres y mujeres, algunos con sus hijos de la mano, por temor a dejarlos solos en sus casas y que se los llevara el monstruo llamado Mariana.

—¡Apuren antes que escape! —dijo una mujer del grupo.

—No dejen de ella nada que sirva —gritó otra. Pero aún tendrían que bajar aquella cuesta y subir la de aquí.

Mariana no se alarmó con los gritos de la gente. Como si tuviera el tiempo de su lado, acostó el cadáver sobre un montoncito de flores rosadas y, con cuidado de no despertarlo de la muerte, lo despojó de su ropa. Aquí estaba, entonces, decúbito supino el pequeño cuerpo, viendo al cielo con sus ojos marchitos, junto a una mujer que no se pertenecía. Mariana enlazó uno a uno los retazos de las sábanas y empezó a escalar por el tronco doblado. Las telas añadidas se arrastraban por el suelo como una serpiente de algodón que subía lentamente. El cabello de la mujer se le había pegado al rostro por el sudor, se le metía por la boca, le estorbaba en los ojos. El vestido se fue rasgando con las ramas y dejó a la vista unas piernas rayadas en sangre por la cortadera del camino.

Bien arriba, se recostó en una rama y esperó. Contemplaba con tristeza el cuerpo de aquel pequeño, no sabiendo de qué manera, dónde y cuándo acabó con él, ni siquiera si ella era la culpable; lo que sí recordaba era el momento exacto en el que Robinson la golpeó con la piedra en el vientre. Cerró los ojos apretándolos hasta el dolor, y sintió de pronto cómo se retorcía su hijo dentro de ella. Lloró. Vio pasar la calle, los años robando comida de las casas, vio nuevamente la imagen de los niños que la apedrearon por tantos años, y, por último, el instante en que entró en una casa a robarse un recién nacido que tenía aires de ser su hijo muerto, ese al que nunca vio a los ojos.

Mariana sacudió el sudor de la cara, se peinó el pelo con las manos y procedió a enrollarse un canto de la sábana en el cuello, el otro extremo lo amarró a una de las ramas más gruesas. Miró al cielo con los ojos desorbitados y esperó. Cuando la multitud empezó a arrojarle piedras, se dejó caer.

El espectáculo duró poco. Apenas el bulto muerto dejó de mecerse, la gente cargó el cadáver del niño y se fue en silencio. Ni quién llorara a esta mujer. El sol se ha perdido detrás de la loma y le ha quedado una claridad fúnebre a la tierra. Mariana flota a la intemperie y las gallinazas van bajando en torbellino con la oscuridad de la noche.

IV. LA GUACA

José Fierro salía del cuarto dando un bostezo largo cuando su mujer, sin mediar palabras, le lanzó el caldero del arroz. El hierro golpeó en seco contra la pared y empezó a dar vueltas como un trompo por el piso de tierra de la cocina. Al ruido estridente que suelen hacer estos chécheres metálicos se sumó la voz afectada de la mujer:

—¡No te quiero ver hoy, José! Maldita la creciente que me obligó a salir de mi casa a pedirle posada a tu madre. Bien sabías que éramos primos. Bien lo sabías, José Fierro, ¡y no te importó!

El pesado caldero aumentó el estrépito en sus últimas vueltas y, moribundo, fue a detenerse contra la punta de una raíz que se asomaba de la tierra.

Adentro, en el único dormitorio de la casa, una niña estalló en gritos.

La mujer la escuchó, pero no dejó de comerse con la vista al hombre.

—Ya despertaste a Matilde —recriminó con rabia.

Matilde era una niña de ojos grandes y tristes, piel blanca como la sal, cabeza enorme y cuerpo esquelético, al que daba cierta angustia ver. Jamás se le veía jugar en la calle con los otros niños, y la mayor parte del tiempo la pasaba sumida en un profundo letargo. Carecía de esa vivacidad con la que nacen los niños de los pueblos. Aunque sabía hablar lo que saben los niños a su edad (seis años), se le escuchaba tan solo uno que otro monosílabo con desgano.

«A ella búsquenla para llorar, para eso sí es buena», juzgaba la madre casi a diario.

La mañana del calderazo en la pared, la queja de la mujer y los gritos desgarrados de la niña sirvieron, de algún modo, para romper la miserable rutina de silencio y aguante en la que había caído la familia desde hacía años por cuenta de la pobreza y la resignación.

Ese mismo día había llegado noviembre en una mañana despejada. El sol encendía las puntas de los guayabos del patio como invitándoles las frutas maduras a los pájaros. La cocina, el lugar donde se había dado la primera humillación del día (y la primera en años), no era sino una pobre enramada de palma con un cerco de caña brava podrida. En medio se levantaba una troja con tres ladrillos tiznados que hacían las veces de fogón: un fogón donde nada que valiera la pena se cocinaba desde hacía meses. Debajo de ella, una tinajera enterrada a la mitad les suministraba el agua de beber.

La mujer, parada frente a la hornilla de leña, recordó con amargura la noche en que su suegra apiló unas lonas de algodón justo al lado a la cama de José para que ella durmiera: «Te vas a quedar aquí mientras pasa la creciente, mija», dijo la vieja aquella vez, sabiendo lo que podía pasar. Ella era consciente de que su hijo estaba quedado y viejo por su fama de hombre flojo, y debía jugar su última carta. El recuerdo la transportó también al momento exacto en que entró José y la vio cambiándose la ropa húmeda que traía.

—Yo ni siquiera había cumplido los 16, y tú ya eras un hombre hecho y derecho, José —dijo la mujer, removiendo la ceniza fría del fogón, con la voz quebrada—. Bien sabías la suerte que correríamos juntos. «¡No va yan a pelear!», era lo único que repetía tía Ligia. La primera semana fuiste un patán: no me dirigiste la palabra ni me determinaste, pero cuando arreciaron las lluvias y el frío te empezó a acalambrar los huesos, se te dio por el amor. Ahí fue que empezaron todos nuestros males: cuando te fuiste arrimando a mí como quien no quiere la cosa. Qué podía hacer yo, sino dejarme. El frío y la soledad no repara en sexos y nos jode a todos por igual. Por culpa de eso, ahora míranos aquí, veintidós años después: aguantando hambre por tu desidia, como si no fuera ya suficiente la mala suerte que nos trajo el habernos puesto a revolver la sangre en la cama. Miseria y una hija con problemas es lo único que me has dado, José Fierro. Nada más.

José intentó contener un bostezo -sabía que no era el momento-, pero no lo logró, por el contrario, salió más grande y con un sonido irritable que descompuso más a la mujer.

—¡O vuelves a pescar, o me voy al municipio a vivir con mi hermana!

El municipio estaba ubicado a poco menos de treinta kilómetros del pueblo, pero en ese entonces se creía que la mujer que salía dejada de su marido, no regresaba jamás. Carmelita se limpió una lágrima larga y asió el caldero –que aún crepitaba como si tuviera vida propia sobre la raíz del suelo–. José reaccionó tarde y se cubrió la cara suponiendo un nuevo ataque, pero la mujer, ya más tranquila, fue y lo puso sobre la hornilla de barro junto a unos esqueletos secos de pescado, el único rastro de comida que había en la casa. De hecho, ni los gatos que suelen deambular por los patios ajenos a altas horas de la noche se acercaban a la casa, seguros de no encontrar nada que robar. Arriba, bien encajados en la palma, había algunos platos de peltre y otros trastes de cocina ocultos por un dosel de telarañas. La mujer suspiró profundo y metió su mano por aquella maraña para sacar una caja de fósforos y algunos trozos de cartón.

—¿Qué vas a cocinar? —preguntó con descaro el hombre.
—Sábila —le gritó ella.

La niña volvió a llorar y Carmelita se apresuró a la habitación, no sin antes recordarle la sentencia a su marido con una mirada mortal.

José Fierro, en ese entonces, era un hombre cercano a los cincuenta años, pero podía juzgársele de menor edad y en condiciones absolutas para el trabajo, por supuesto si hubiese querido. Era un negro alto y delgado, de cara enjuta y desconsolada, con unos largos brazos de pescador que le llegaban más abajo de las rodillas. Las expresiones de su rostro habían perdido el resabio de otros tiempos por cuenta del hambre y el mal vivir. Incluso el menos curioso de los hombres, notaría que se trataba de alguien sin propósitos ni ambiciones, uno de esos a los que se les puede señalar en la cara, y espetarle un: «¡Cállese! Usted no puede ni con el alma», y él se mostraría de acuerdo.

El hombre, luego de permanecer recostado sobre el marco de la puerta, inmóvil por un buen (mal) rato, levantó la mirada sin dignidad y se fue al patio. Sabía que su mujer tenía la razón, pero se consoló pensando que ella debía entender que aquel desgano por la vida y el trabajo era un problema de nacimiento, no su culpa.

—¿Y no te has ido? —le gritó Carmelita desde adentro con acentuada ironía. Luego se escucharon dos palmetazos secos y un regaño para la niña—: ¿Tú también vas a pedir comida?, no ves que son las seis de la mañana, deja de joder y duérmete.

El hombre caminó hasta el corral del fondo, limpió una cava de poliestireno marcada con las iniciales JF, se montó al hombro una atarraya menuda y salió a la calle de piedra. En la primera esquina se detuvo frente a una casa recién pintada de cal, donde una señora de avanzada edad hacía montoncitos de basura con una escoba.

—Vieja Ligia, llámeme a Pablo; dígale que voy a pescar y necesito un compañero.

—Buenos días, mijo. Por ahí escuché unos gritos en tu casa...

—¡Pablo! —interrumpió José llamando a su hermano en voz alta.

—Ay, mijo —suplicó la anciana—, tú sabes que tu hermano no está para eso. ¿Por qué no llevas a otro?, un hombre que de verdad te sirva.

—Ya todos los buenos pescadores están ocupados, mamá.

—Te huyen, mijo. Ve y habla con el padre Hernán y convéncelo para que te rece, la mala suerte es cosa que se quita. Dile que vas de parte mía.

En ese momento salió Pablo desnudo con varios anzuelos y otros elementos de pesca.

—Aquí estoy, hermanito. Justo anoche soñé que cazábamos un tigrón.

—Tiburón —corrigió Ligia—. Y ven para acá, muchacho del carajo.

Lo tomó de la mano y entró a la casa explicándole con cariño que esos animales no existían en la región, que lo había debido confundir con un bagre o qué sabía ella. Al momento lo trajo de regreso, vestido. «Cuida mucho a tu hermano», alcanzó a recomendarle la anciana a José antes de que empezaran a bajar la calle en dirección a la Ciénaga de Plata.

Pablo era el hermano menor de José Fierro. El único. Un cuarentón que, aunque podía pasar por un adulto normal, tenía el cerebro de un niño de diez años. Su cuello era corto y ancho, y un cabello puntiagudo bordeaba su cabeza dejándole un claro sin nada en el centro del cogote. Sus extremidades, a diferencia de las de José, eran más bien cortas, y se bamboleaban de un lado a otro como si le fuera imposible tenerlas en control. Casi debía trotar para no quedar rezagado ante los trancos largos de su hermano.

La ciénaga los recibió con un viento suave, de esos que te secan la boca sin darte cuenta.

Por la tardecita, luego de varias horas lanzando la atarraya en los confines de la ciénaga, José no había sacado más que taruya, palos podridos y basura. Su hermano Pablo no corría mejor suerte al otro extremo de la canoa, sus anzuelos se hallaban aún enredados y los pocos que había lanzado al agua no daban señal de vida.

—Esperemos a que salga la luna —dijo José—. Ya tengo los brazos acalambrados.

—Bueno, hermanito —respondió Pablo, sacando un bollo limpio de su mochila—. ¿Quieres un pedazo?

—Ya comí en la casa —mintió José.

—A mí sí me gusta mucho comer; incluso cuando ya he comido —dijo Pablo sonriendo—. En las noches, mientras mamá Ligia duerme, a veces me levanto y voy a la cocina y no regreso a la hamaca hasta que me he comido todo. Pareciera que ella lo supusiera, porque todo lo encuentro a la mano: bollos de maíz, arroz ya raspado de la olla, jugo de guayaba... siempre jugo de guayabas. La guayaba no me gusta en jugo, prefiero comerlas del árbol. Una vez comí una del suelo, y tenía tantos gusanos que no paré de reír durante una hora de la mucha cosquilla que me hacían en la boca. Los gusanos son los únicos animales que deberíamos comer los seres humanos, antes que nos coman ellos a nosotros. Una venganza anticipada. Si los comemos, cuando nos muramos, sería como si ellos se comieran así mismos, y ya sé que a nadie le gusta comerse a los de su especie. La carne de los caballos no me gusta. Los pescados sí. Por eso me gusta venir a la ciénaga. Aunque también a veces siento lástima de ellos. Por eso me los como rápido.

Pabló soltó de repente una risotada que se expandió como un trueno en aquel paraje inhóspito.

—¿Ya casi sale la luna, hermanito? —preguntó mientras mermaba su risa solitaria.

José no le respondió.

La luna se hizo esperar hasta las dos de la madrugada. Hasta entonces, los dos hermanos pudieron atrapar la vergüenza de tres coroncoros pequeños, dos mojarras barbonas y un moncholo arisco que terminó saltando de la canoa.

A las siete de la mañana del nuevo día, luego de dejar a su hermano en casa y de haber hecho la mísera repartición de lo obtenido en la pesca, José Fierro encontró a Carmelita sentada en un rincón de la cocina con su pequeña hija entre las piernas.

—¿Qué le pasó a Matilde? —preguntó desconcertado el hombre.

—Nada. Que casi se arranca un dedo con el maldito tronco ese —dijo la mujer señalando con los labios la misma raíz con la que se detuvo el caldero el día anterior—. Ahí ves eso día y noche y no eres capaz de arrancarlo; como no te importan las cosas de la casa. ¡Mira, mira cómo se remondilló el dedo!

El hombre fue al patio, colgó la atarraya y regresó con el barretón.

Mientras intentaba arrancar la raíz, la mujer sacó de la cava las dos mojarras barbonas y se dispuso a escamarlas con urgencia.

—Peor es nada —murmuró.

Hacía días que no comían más que guayabas del patio y tomas calientes de agua de verbena para aplacar el hambre y la ansiedad. Era hora de echarle algo de peso al estómago.

Como la tierra de la cocina era dura y el hierro no lograba remover la apretada raíz, José Fierro, resuelto a sacar aquel estorbo, cavó un hueco al costado y saltó sobre los hombros del barretón, lo que provocó que la tierra cediera bajo sus pies y quedara con medio cuerpo enterrado. Había caído en una gran tinaja de barro, en cuyo interior crepitaban metales que aún la tierra suelta no dejaba ver. La mujer corrió a socorrer a su marido, y a su salida, ambos quedaron petrificados ante un inesperado hallazgo. No será difícil para el lector inferir lo que había bajo la tierra, si ha leído con atención el título de esta historia. El pueblo se había erigido sobre una loma donde antiguamente habitó una tribu indígena de pescadores. De hecho, hasta el momento, un total de seis guacas habían sido desenterradas en el pueblo en lo que iba de siglo. Lo curioso aquí era la manera cómo se había revelado. Sabido es que los espíritus indígenas no regalan nada, y para hacerse a uno de estos tesoros, se debía cumplir rigurosamente un ritual que muy pocos conocían. ¿Qué clase de espíritu nativo dejaría sus huesos al aire para que una niña tropezara con ellos? ¿Qué buscaba? ¿Quién era? En todos los casos conocidos de guacas, tan solo se advertía una candelita bailando a la medianoche, generalmente en algún lugar solitario, y esa era toda la pista que daban. De hecho, a quien se le apareciera, debía hacer tiempo hasta Semana Santa para bautizarla (orinarla en cruz), y luego de muchas oraciones esperar a que la guaca no se moviera a otro lugar. Nunca se había visto que se revelaran dentro de una casa, y menos a plena luz del día.

Lo primero que sacaron fue un jaguar de oro del tamaño de un conejo, luego le siguieron dos guacamayas idénticas, una corona rudimentaria, la cabeza de un bagre, un caimán sin cola y por último una vasija llena de cucharas y otros restos de elementos de cocina. Todas y cada una de las piezas habían sido labradas de manera elemental, pero qué importancia tiene el arte y la belleza cuando el valor del material puede resolverte todos los problemas. El asombro les quitó el habla por más de una hora. José atrancó la puerta de la calle, metió las piezas dentro de la cava de los pescados y la escondió debajo de la cama. Ese día no salieron de la casa; comieron lo poco que dejó la pesca y optaron por acostarse temprano. Debían descansar y pensar muy bien cada movimiento, qué hacer ante semejante golpazo de suerte.

La noche fue silenciosa. Sin grillos. Sin sapos.

—¿Cómo sigue el pie de la niña? —preguntó José Fierro mirando al techo.

—Ya le lavé la herida con agua de matarratón. No es grave —respondió la mujer.

Extenuados por el trabajo de sacar las piezas, limpiarlas y dejar el piso de la cocina como antes, cayeron temprano en un sueño profundo. Esa noche, José Fierro y su mujer tuvieron la misma pesadilla: ambos navegaban tranquilamente sobre una ciénaga blanca, cuando fueron sorprendidos por una bandada de goleros gigantes que los quiso hacer presa. A eso de la medianoche, luego de revolcarse en la cama exhaustos de tanto luchar con las aves monstruosas, despertaron asustados y sudando frío. Temieron, entonces, que aquel sueño que se contaban mutuamente y resultaba ser el mismo, fuera la advertencia de una desgracia inminente, una real. José lanzó la mano bajo la cama y allí seguía la cava, cargada: literalmente valiendo su peso en oro. El hombre suspiró aliviado y se le fue ocurriendo una idea.

—Debemos contarle a mi compadre Tafur. Él es el único que nos puede ayudar a vender las piezas sin correr ningún riesgo.

—Ese hombre me da mala espina —ripostó Carmelita—; jamás le ha dado un aguinaldo a la niña, y alguien que no es capaz de cumplirle a un ahijado no debe ser confiable.

—Mi compadre es el dueño de la única prendería del municipio, él sabe cómo lidiar con estas cosas; eso es más importante. Sólo necesitamos que nos diga el valor de cada pieza y nos ayude a encontrar compradores de la ciudad sin que este pueblo se entere... Es sólo eso.

—Ten cuidado, José.

—Lo tendré. Y recuerda que nadie más debe enterarse. Al menos no todavía.

A la mañana siguiente, José Fierro fue al corral donde sabía que encontraría a Tafur, el viejo prendero, quien todas las mañanas acostumbraba a ordeñar sus propias vacas para no tener que pagarle a nadie, y luego se iba al

municipio a atender su negocio de compra y venta, que incluía además comercio de plata y oro.

El viejo se hallaba sentado sobre un pequeño butaco, sirviéndose de las ubres magníficas de una vaca recién parida, cuando vio de soslayo la llegada de José. No esperó siquiera los buenos días para soltarle la siguiente frase:

—Estoy sin plata, compadre; me agarró usted en crisis. La leche ha estado poquita y el negocio de la peña no da más que para comer.

—No se trata de eso, compadre —lo interrumpió José con una sonrisa indulgente—. Vengo a proponerle un negocio.

Tafur, que era un hombre astuto y rejugado en el arte de la trampa –de hecho, así había conseguido gran parte de su fortuna–, no perdería la oportunidad para quitarle, aunque fuera, la canoa a este hombre.

—¿De qué se trata entonces, compadre?

—Es un asunto delicado —dijo José—. Vayamos a un lugar sin vacas.

El viejo Tafur largó una risotada que terminó por espantar al pobre animal. José sacó del bolsillo del pantalón una cuchara de oro envuelta en un trapo, a lo que el viejo reaccionó con una grosería de grueso calibre. Luego se quedó serio, mirando a José con cierta zorrería en los ojos.

—Sígame, compadre —dijo Tafur.

Esa misma mañana estuvieron a puerta cerrada en la compraventa y José le contó los pormenores del descubrimiento. Acordaron que a la madrugada siguiente Tafur pasaría a ver el oro con sus propios ojos.

Por la noche cayó un aguacero en el pueblo. El primero en meses. José y su mujer volvieron a tener el mismo sueño, pero ninguno se lo contó al otro. Mientras arreciaba la lluvia en el techo de zinc, el hombre aprovechó para sacarle más brillo a cada una de las piezas.

—Faltan dos —exclamó de pronto.

La mujer, sentada al borde de la cama, se mostró desconcertada.

—¿Cómo así? Vuelve a contar.

—Ya he contado tres veces y faltan las guacamayas.

José Fierro se levantó de donde estaba acuclillado, y con un aire grave se paró frente a la mujer.

—¿Quién vino, nojoda? —le dijo con una voz nueva y poderosa, como si la guaca le hubiera devuelto el dominio sobre ella.

De inmediato la mujer se tapó la cara con ambas manos y no pudo contener las lágrimas.

—Mi hermana —respondió—. Le faltan dos meses para dar a luz y me pidió que le lavara una ropa. Mientras fui a la batea a remojarla, ella se quedó jugando con la niña y cuando regresé ya se había ido. Pero mañana temprano voy a su casa y las recupero. Ha debido ser la curiosidad.

José le lanzó una patada a aquel bulto oscuro que era la mujer y se acostó enseguida, mudo de la rabia.

Bien entrada la madrugada se escucharon unos golpes suaves en la puerta. Era Tafur vestido de negro, cargaba una linterna y un maletín de cuero. José verificó que nadie más estuviera merodeando por la calle y lo hizo entrar. No fueron necesarios ni el zumo de limón, ni el ácido nítrico, ni los poderosos imanes de neodimio que traía, para darse cuenta que se trataba de oro puro.

—¡Hijueputa! ¡Se enguacó, compadre! —dijo atónito. Los ojos se le querían salir de la cara, centelleantes por el brillo del metal.

—¿Qué sigue, compadre? —preguntó José, inocente.

—No perder tiempo. Hoy mismo me llevo la corona al municipio para ofrecérsela al alcalde. Déjeme esa tarea a mí, compadre. Lo mejor es vender las piezas de una en una y no hacer mucho ruido. Tome —dijo el viejo entregándole un manojo de billetes a José—, vaya guardando; ahora que es el nuevo rico del pueblo no debe andar sin plata. Después arreglamos cuentas.

—Gracias por ayudarme, compadre.

Luego de un abrazo largo y efusivo, Tafur salió de la casa. La mujer, que había permanecido en la cocina tratando de escuchar la conversación, entró a la habitación.

—¿Qué te dijo el viejo ese? —preguntó ansiosa.

—Que oficialmente hemos salido de la pobreza, mija

—contestó el pescador.

La pareja se fundió en un abrazo que pareció dejar en el olvido el altercado por la desaparición de las guacamayas. La niña Matilde, que acababa de despertarse, se levantó de su catre y se sumó al abrazo familiar. Parecieron felices de verdad. Parecieron sentirse a gusto en la vida por primera vez.

A una semana del encuentro de la guaca ya todos en el pueblo lo sabían. Día y noche familias enteras (incluyendo a la vieja Ligia y al siempre sonriente Pablo) pasaban por el frente de la casa con la mirada larga, buscando, aunque fuera un saludo, un detalle, un algo de algo que les ayudara a resolver las necesidades del día. Pero nada. La familia, que había resuelto negarlo todo, mantenían las puertas trancadas y solo le permi tían el ingreso a Tafur y a dos negros que andaban con él por asuntos de seguridad. Pero el encierro no duraría mucho. Quince días después, al calor de las fiestas pa tronales, y habiendo recibido la paga de las primeras piezas, José abrió de par en par las puertas de la casa y gritó a los cuatro vientos lo que la gente ya sabía: su nueva fortuna. Ese mismo día invitó al pueblo entero a una fiesta de agradecimiento para los santos patronos. El propósito, más que religioso, era para que todos le envidiaran su buena suerte. Esa noche llegaron bandas papayeras de toda la región y empezaron a tocar por las calles, al tiempo que un megáfono anunciaba un reinado relámpago con las mujeres más bellas de los pueblos de las ciénagas. Todas eran ideas repentinas que se le venían a José.

Ese mismo día fue aceptado en el gremio de los más ricos del pueblo, dos o tres gordos de los que luego no se quería despegar. Se sentía bien entre ellos, importante, un hombre nuevo. «Usted no es de este gremio», aprendió a decir como ellos, cuando se le acercaba alguien que consideraban de menor estatus. Al segundo día de fiestas, rodeado de mujeres con las que había bebido copiosamente, le dio por inventarse concursos absurdos para despilfarrar la plata. Así, pues, entre quien imitara mejor el rebuzno de un burro, quien se atreviera a pelear a trompadas con los ojos cerrados, quien acertara sus adivinanzas o hiciera los retos sexuales que se iba inventando, se gastó todo lo que Tafur le había dado por el oro vendido.

Carmelita, por supuesto, se quejó de aquellas bacanales vergonzosas, pero la rabia no le duró mucho. Era del tipo de mujer que cedía fácilmente ante los regalos y le bastaron algunas cucharas y monedas de oro para sonreír de nuevo.

A finales de noviembre, y luego de haber derrochado más de la mitad de la guaca, José Fierro nuevamente fue al corral donde ordeñaba su compadre. Se mostró preocupado por no haber invertido mejor su dinero.

—El mejor negocio ahora en verano —le aconsejó el viejo Tafur—, es comprar vacas flacas, compadre. Métasele sin miedo a las que están en el cascarón. Ahora no cuestan un carajo, pero cuando se repongan, usted las puede vender por el triple de lo que pagó. Ahora todo está seco, pero las lluvias ya vienen subiendo los Montes de María, estarán aquí en cuestión de dos o tres días.

—Yo no tengo tierras, compadre —respondió José.

—Yo le alquilo y después arreglamos.

—No se diga más —aceptó José sin reparos.

El valor exacto por el que realmente se vendían las piezas de oro era un misterio. El viejo marrullero llegaba a la casa de José y los embaucaba con comida, ropa, juguetes y artículos del hogar que resultaban más bien inútiles: velones, cuadros de santos desconocidos, jarrones de vidrio, figuras de yeso que a la ligera pasaban por mármol, etc.; cachivaches que la gente dejaba perder en la compraventa. El dinero que finalmente le llegaba al pescador apenas se acercaba al veinte por ciento del valor real de la venta. Eso sí, Tafur previamente descambiaba en monedas y billetes baratos la parte a entregar, de manera que José se veía abrumado por tanta plata y no llegaba siquiera a sospechar del engaño.

La venta del caimán y las monedas de oro fueron lo siguiente en la lista. Por esos días José llegó a tener tanta popularidad en la región, que periodistas, turistas y curiosos llegaban al pueblo con el sueño de conocer al dueño de la guaca. Líneas de carros de último modelo se veían a diario subiendo la calle de piedra. José, procurando hacerse el simpático, les refería historias que iba hilando al vuelo sobre sus capacidades prodigiosas para encontrar el oro bajo la tierra. Por supuesto, rechazaba hábilmente cualquier propuesta de desentierro que le hicieran. Una tarde quemó su atarraya ante los reporteros del periódico municipal, al narrar con entusiasmo cómo un hombre del común como él, había logrado superar para siempre la pobreza y sus males. Juró entonces que nunca más volvería a pescar. Asimismo, hundió su vieja canoa ante los ojos de todos, con la justificación de que no le hacía bien a su estado de ánimo tener que recordar la miseria que sufrió. Se sentía un hombre diferente, uno importante y poderoso. Distinto a aquel pescador inservible que había sido.

Los días fueron pasando, y las piezas de oro se transformaron en chécheres y billetes de poco valor. El verano, por su parte, se prolongó casi hasta mediados de diciembre, lo que provocó que el ganado flaco nunca se recompusiera. José

Fierro, que siempre pagó a particulares para que lidiaran estas tareas que él consideraba tediosas y ajenas, se enteró tarde que sus vacas se murieron paradas en el esqueleto. Su inversión se había convertido en armazones de huesos desperdigados a lo largo de la sabana seca. Cada una con un golero en el espinazo.

El ganado del viejo Tafur, en cambio, que había sido movido a las tierras bajas del río donde el pasto es abundante siempre, estaban gordas y saludables. Ante los escuálidos reclamos de José, cuando se enteró de lo sucedido, el viejo respondió: «Usted no me dijo nada, compadre. Yo con gusto las hubiera llevado revueltas con las mías. Pero no se preocupe: quien tiene oro para qué quiere la mierda de las vacas. Recuerde que aún nos queda la pieza más importante: el jaguar».

Esa misma tarde, un coleccionista holandés que se hizo con el pesado felino de oro, alquiló el teatro municipal y le cobró la entrada a los curiosos que querían ver y tocar la pieza, antes de llevársela en barco para la provincia de Zelanda.

Al regreso, el viejo Tafur no quiso rendirle cuentas a su compadre y decidió escondérsele por varios días.

—Te dije que ese viejo no era de confiar —repetía Carmelita cada que tocaban el tema.

José no hacía más que moverse por los lugares que frecuentaba Tafur, pero nada; la casa y la compraventa se hallaban cerradas, el corral vacío y ni rastro del viejo. Cuando ya estaba a punto de resignarse, el perdido se apareció en la casa de José junto a sus custodios.

—Se me cae la cara de la vergüenza, compadre —dijo Tafur con un tono que ni él mismo se creyó—. El comprador de la pieza me salió con unos cuentos largos y otros cortos. Le quedaron a dar una plata y no se la dieron por lo que no me pudo pagar. Y yo cometí el error de entregarle el jaguar. Ahora hay quienes dicen que se fue para Europa. Pero yo le voy a responder, compadre: abónese lo del alquiler de la tierra y la plática inicial que le di, y recíbame este presente para quedar a paz y salvo: pueda que le sirva.

El viejo Tafur le entregó a José una escopeta belga, calibre 16, que traía envuelta en un costal.

—Alguien la dejó perder en la compraventa y ahora es suya, compadre.

—¿Cómo se dispara? —preguntó José sin dejar de mirar al viejo.

—Ese es el problema. Hay que mandarla a arreglar primero —respondió Tafur y salió de inmediato custodiado por los guardaespaldas.

José quedó mudo. No tuvo voluntad de enfrentarlo.

Las lluvias y las fiestas de fin de año le trajeron alegría al pueblo. Los colores del cielo al paso de los aguaceros le daban al ambiente una sensación de renovación total, de prosperidad y paz. La gente se reencontraba con sus familiares llegados de otros lugares y la comida y la bebida no faltaba en ningún lado. Para José y su familia, en cambio, diciembre había empezado mal. Se regó en el pueblo la noticia de la muerte de la hermana de Carmelita. Sucedió que, durante el parto, la mujer tuvo una hemorragia que los médicos del municipio no pudieron controlar, y ni ella ni el pequeño pudieron sobrevivir. Carmelita no pudo sacarse de la cabeza la idea punzante de que el robo de las dos guacamayas había sido la causa, aunque su hermana lo hubiera negado. Así las cosas, y suponiendo que seguirían ellas en la lista del indio maldito, como le llamaban ahora, la mujer tomó la determinación de abandonar a José y volarse con su hija.

La madrugada del 30 de diciembre, fecha que había establecido para la fuga, la mujer se levantó en silencio y cargó a Matilde dormida en brazos. Caminó hasta la sala, levantó con cautela el picaporte y cuando la puerta entreabrió la primera hendija de luz, una brisa fría las empujó hacia adentro. La niña despertó y quiso llorar, pero la mujer le tapó la boca con fuerza. En el dormitorio los ronquidos de José se vieron interrumpidos un momento, pero volvieron más fuertes casi de inmediato.

—Dame agua, mamá —dijo la niña liberándose suavemente de la mano de la mujer, aún sin entender nada. Carmelita, angustiada, le suplicó silencio con unas señas confusas, y la llevó rápidamente a la cocina, donde se hallaba la tinajera del agua. Al regreso, justo cuando pasaban por el lugar exacto donde apareció la guaca, la pequeña se detuvo bruscamente. Miro la tierra aplanada y dijo unas palabras ininteligibles con una voz que no era la suya. Volvió la cabeza al patio oscuro y, como si viera algo que ningún otro ser humano ha visto jamás, blanqueó los ojos y cayó pesadamente en el suelo. Eso fue todo.

Los primeros días del año han transcurrido lentos y dolorosos. Los forasteros se han ido y ha quedado un silencio suspendido en el ámbito del pueblo. El último día de rezos por la muerte de la niña Matilde, la casa se prendió en llamas sin razón alguna y todos debieron salir corriendo; ese fue el último gran suceso. Ahora no es más que un solar vacío lleno de cristales rotos y trastos quemados. Ya del misterio de la guaca nadie habla. Ahora el nuevo hogar de José es una canoa alquilada que lo ha vuelto un pescador permanente. Ahora se halla acostado bocarriba, al sol, mientras espera que un trasmallo haga su trabajo. Ya son los últimos días de enero y el duelo por la muerte de la pequeña y el ulterior abandono de su mujer le duelen en el cuerpo como una puya en el talón. Intenta reflotar su vieja canoa, pero la madera está completamente podrida y se deshace en la superficie. José se ha dormido de nuevo. Sueña que pesca en una ciénaga púrpura donde grandes peces saltan a su canoa sin la necesidad de mover un dedo. Sonríe. Muy cerca ve deslizarse otra canoa donde un indio de cara oscura se levanta y lo mira, y entonces despierta y el reflejo del sol le duele en los ojos. Se lava la cara cuchareando la ciénaga con sus manos. De entre las pocas cosas que carga con él, saca la vieja escopeta que le dio Tafur. Se asoma en el agua. Le apunta a ese reflejo turbio que es también él, un reflejo que es más sombra que su propia imagen, y recuerda que debe mandar revisar el arma.

PARTE 2

I. MEMORIAS DE UN NIÑO ERRANTE

1

¡Atrévete a repetirlo! —dijo papá con rabia. Y yo, decidido a no volver a la guardería, canté más fuerte el primer verso del que tengo memoria.

Tomasa no duerme en cama

Tomasa duerme en estera

Tomasa tiene las patas

Como horqueta de cauchera.

Tomasa era la encargada de la guardería del pueblo. Una negra enorme, de ojos apeñuscados y labios de un rojo intenso como las pitahayas del cardón. Su andar era lento y dificultoso debido a que sus piernas regordetas se estorbaban a cada paso. En la enseñanza, que era donde radicaban nuestras diferencias, siempre utilizó más pellizcos que palabras; las pocas que lograban salir de su boca desmantelada eran, por lo general, reprimendas para hacer callar a quien hablara sin su consentimiento. Al hogar materno que inicialmente tuve por escuela, por allá a principios de los noventas del siglo pasado, no se iba a aprender: se iba a comer. Y nuestros padres, que bien lo sabían, parecían contentos y agradecidos con aquello. Luego comprendí por qué: nuestro pueblo estaba tan escondido del resto del mundo, perdido entre un laberinto de ciénagas sin acceso, que nacía uno creyendo que el hambre y la pobreza se nos eran dado por pura naturaleza; así que, cómo no resolver la comida de algunos. Sin embargo, ya había tomado la determinación: sacrificaría la Bienestarina aguada que nos servían cada mañana, con tal de evitar los dedos de tenazas de la insufrible Tomasa y su régimen de pellizcos.

Papá, un hombre alto y flaco, de rostro enjuto y ya montado en los cuarenta años, mantuvo sus ojos de pájaro fijos sobre mí, abstraído. Entonces, con coraje y algunas lágrimas, le hice saber que quería ir a una escuela de verdad, verdad donde pusieran tareas, no una de embuste, embuste, donde se la pasaban embutiéndonos de mazamorra y entreteniéndonos con juegos pueriles. Así, pues, el viejo fue cambiando el semblante por uno más amable. Tosió tres veces peleando contra el asma que lo agobiaba desde niño y se fue sonriendo al patio; asentía como si acabara de hacer un gran descubrimiento. Al rato pasó montado en el burro por la mitad de la sala, donde aún seguía yo, inmóvil.

—¡Al carajo Tomasa! —dijo, y echó a andar el animal arreándolo con los talones. Cuando cruzó el dintel de la puerta, se escuchó un grito que venía del cuarto. Era mamá.

—¡Ve, cuando me muera no va querer entrar el cura a la casa! No quiero que vuelvas a pasar ese burro por la mitad de la sala.

El viejo no respondió. Se fue silbando la canción que siempre lo llevaba al monte, como si corrieran buenos tiempos.

Los burros, en ese entonces, eran animales tan importantes como los perros de montería y caza, y había que cuidarlos. La gente generalmente los llevaba a dormir a sus patios junto a los otros animales domésticos para evitar los salteadores del monte. El inconveniente se debía a que, no habiendo un callejón en la casa, papá se veía obligado a cruzarlo por la pequeña sala. En las mañanas daba gusto ver al pobre animal reluciendo con su pelo de plata, emparamado por el rocío de la madrugada. Encima se engarruñaban las gallinas formando unas pelotas de plumas que más bien parecían garrapatas gigantes. Debajo del animal dormido (porque los burros sueñan de pie), se agolpaban los patos y los puercos más pequeños, todos juntos, buscando contrarrestar el frío de las madrugadas. Mamá, sin embargo, nunca fue partidaria de la costumbre del burro en casa, y se debía a que, aparte del río de flores de cagajón que casi siempre dejaban a su paso, la pezuña del animal le destruía el piso de barro que ella amasaba con tanto esmero cada dos o tres días. En ese entonces el pueblo no era más que tres calles encaramadas sobre una loma de cascajo, desde donde se extendía una ciénaga inmensa que parecía darle la vuelta al planeta. Decían los más viejos que, en sus confines estaba el verdadero fin del mundo: un acantilado escondido donde el agua caía en cascadas diáfanas a un abismo sin fondo. Sin embargo, ningún pescador logró cruzar hasta la otra orilla para atestiguarlo. Aquella alberca enorme recibió el nombre de La Ciénaga de Plata, y habría que ver a la luz del sol su incandescencia de metal fundido para entenderlo. Por las noches, en cambio, no era más que un pozo oscuro; la sombra de un desierto en la que a veces emergían las luces de un pueblo misterioso del que nunca hubo registro. Tal vez era nuestro mismo pueblo, mirado con los ojos de quienes nos están viendo desde el otro lado.

Por las mañanas me gustaba subirme a las ramas altas de los guásimos del patio para tratar de ver hasta la otra orilla, pero los ojos no me alcanzaban; me terminaba conformando con la torre de la iglesia, que destacaba entre las ceibas y los techos calcinados de las casas. Recuerdo que siempre utilizaba mis manos como anteojeras de caballo para no cometer el terrible error de mirar al norte, pues era en esa dirección donde se alzaba el cementerio de la loma y ya se oía decir que los muertos más entusiastas no respetaban ni la luz del día para asustar al que fuera.

Pero una mañana de junio, por más descuido que valentía, terminé mirando de frente. De inmediato recordé a mamá Rita, mi bisabuela por parte de padre, que había muerto un año atrás. Allá de seguro estaba ella, en esa loma abandonada, con los otros muertos del pueblo. Sobre las cruces blancas alcancé a ver cómo reverberaba el aire caliente. Por un momento quise verla sentada sobre una de las tantas bóvedas nacaradas de aquel pueblo miniatura, saludándome con la mano. Ella había sido buena conmigo y los muertos que fueron buenos no asustan a los niños, a no ser que le hayas negado un mandado.

La muerte de mamá Rita constituye mi primer recuerdo de infancia y es, tal vez por la manera en que sucedió, el que podría describir con mayores detalles. Fue en 1990, una calurosa tarde de agosto poco antes de cumplir sus 106 años. La suya, por cierto, es la muerte más hermosa que haya podido ver jamás. Fue, pienso ahora, una especie de acuerdo, un dejar de ser voluntario; y no era que estuviera enferma o achacada por la vejez, era simplemente que se había fastidiado de vivir y quien más que ella para mandar en su propia muerte. Nadie intentó disuadirla de su despropósito, por el contrario, la familia, que bien conocía de su firmeza y determinación, se reunió esa misma tarde en el primero de los siete cuartos de la casa para acompañarla en su despedida. El sol azotaba el techo de palma, pero adentro se sentía el frío propio de los recintos que aguardan la muerte. Los bisnietos la rodeamos por los cantos de la cama, no queríamos perder de vista cada movimiento, cada gesto y quejido, queríamos saber cómo era en realidad ese suceso que los acongojaba a todos en la familia menos a la directa implicada. Esa tarde mamá Rita lucía impecable, llevaba puesto un vestido azul oscuro con bordes blancos en las mangas y el cuello, y su rostro se mantuvo tranquilo, como si su último viaje no fuera más que una visita temporal a otro pueblo, a uno cercano. Ella misma presidió aquella ceremonia de partida: cuando le vino en gana, pasó por la cara sus manos flacas de hojas de plátano, acuñó el vestido entre sus piernas y se extendió en la cama del cogote a los talones, como si quisiera irse grande.

—Ahora sí fue —dijo en una exhalación apacible. Luego no pasó más. Se quedó quietecita como los muertos. Ya podría vivir en la loma de las cruces, al norte, o quizá, en el pueblo sumergido en la ciénaga, el que se veía a veces por las noches.

A mi abuela Mita, última hija de mamá Rita, se le escapó un chillido largo como el de los puercos, y ese fue todo el dolor que hubo aquella tarde. Apenas volvió el calor al dormitorio, empezaron los preparativos mortuorios.

—¡Niña...! —gritó mamá. Llamaba a mi hermana que jugaba en el patio contiguo. "Ha debido ser para almorzar", pensé. Dejé atrás la ensoñación y el recuerdo reciente de mi bisabuela muerta y bajé de los árboles lanzándome por las ramas como los monos.

En esas semanas estaba yo por cumplir cuatro años y, para entonces, ya había sentido ese no sé qué que mueve a los artistas a hacer lo que hacen. Los primeros pasos fueron en las cantinas del pueblo, a escondidas de mis padres. Allí, desarrollaba un pequeño show de dos números: el primero consistía en bailar champeta frente a un picó (pick up) gigante para llamar la atención de los borrachos, y el segundo, soltarles un recital de chistes cuyos significados no entendía, pero que parecía divertir a todo mundo. Eran diez chistes en total, rojos todos, sacados de las mismas cantinas. Tras los aplausos y las monedas, no faltaban los transeúntes que se persignaban ante las palabrotas, pero entonces volvían los borrachos a pedir otro y otro y aparecían los billetes y quién era yo para no darles diversión:

—¡Apuesto a que ustedes no saben que el corazón tiene patas!

—¿Ajá, y por qué? —respondían en coro los borrachos.

—Porque anoche mi papá le dijo a mi mamá: ¡Abre las patas, corazón!

Y volvían las risas, los aplausos y las cruces.

Pero antes de los chistes, y de que me llamaran Toté, Malagón, el Negro Ville, entre otros tantos sobrenombres "artísticos" que no me gustaban y a veces me hacían olvidar el nombre original, había tenido serios problemas para aprender a hablar. Por más que quería no me salían las palabras. Ante esa dificultad, a papá se le ocurrió que lo mejor para soltar la lengua era sustituir las tres comidas del día por sopa de pichuacos, esos pajaritos grises que abundan en La Huerta del Diablo y cuyo amarguillo se te prende a la lengua para siempre. Tras las primeras semanas de sopa, me empezaron unos tardíos gorgoreos de loro, y el viejo regó el cuento en el pueblo del poder milagroso de los pájaros. Tuve también la mala fortuna de chuparme el dedo pulgar derecho y quedar a merced de sus ínfulas de boticario: esta vez se le dio por crear una pomada con mierda de gallina clueca y embadurnarme las manos por las noches; de esta manera, cuando me abandonaba al sueño y me podía más el vicio del dedo, sentía de inmediato las arcadas. Así terminé por cogerme asco y lo dejé definitivamente.

El viejo, antes de mi nacimiento (septiembre 8 de 1987), había ido once veces a Venezuela buscando la fortuna, como tantos otros que iban y venían, pero para su mal y el nuestro, jamás la encontró; terminaba siempre en toda suerte de trabajos del campo para reunir el pasaje de regreso. Con todo y eso, no solo construyó la casa en que vivíamos, sino que la fue llenando de todo tipo de cachivaches. Algunas de estas cosas que trajo me fueron verdaderamente reveladoras, entre ellas: un televisor rojo de 14 pulgadas, al que tocaba pasarle los canales con pinzas; un acordeón viejo de dos hileras de botones con el que aprendió a tocar solo; y, por último, un libro negro que siempre tuvo escondido entre su maleta de viaje. Cuando le preguntaba por él, gruñía que no debía leerlo aún, que esa historia estaba embrujada. Nada más cercano y lejano a la realidad: era el Aleph de Jorge Luis Borges. Tendría que esperar otros años hasta poder leerlo; ese era otro de mis afanes por entrar a una escuela de verdad: saber el significado de las palabras, esos grupitos de figuras parecidas a los insectos, que, según como estuvieran organizadas podían contarnos cosas.

Luego estuvo el pequeño televisor. La memoria me lleva a una mañana de junio de 1992, cuando descubrí en las noticias que las personas no solamente morían por decisión propia, como pasó con Mama Rita, sino que otros podían decidir el cómo, el dónde, el cuándo, y hasta el porqué, si se quiere, y que a esta acción se le denominaba homicidio. El misterio de la muerte ahora me causaba tanta inquietud como espanto, así que me entregué a la tarea de seguir cada asesinato y hacer un registro en mi cabeza de los distintos modos, nombres, circunstancias y lugares, pero pronto los diques de mi pequeña memoria estuvieron rebosados de muertos y quise, sin éxito, abandonar esta labor agobiante. Estos no son juegos para quienes vivimos en un país que sufre la catástrofe de la guerra. Y es que desde que fui consiente de esa violencia me llené de una profunda antipatía hacia todo tipo de crueldad y odio; no podía evitar morir en cada una de las víctimas, como si yo mismo fuera uno de sus familiares. Aunque fueran muertes lejanas, sentía que me reducía por ser también humanidad como ellos. Lo que para mi bisabuela había sido un gusto, para otros era terror y castigo. Uno de esos primeros muertos que vi en las noticias fue un tal Rafael Orozco Maestre, un señor de bigotes que cantaba la misma música que papá, y que luego también cantaría yo.

Un jueves por la tarde mi padre llegó a la casa con el acordeón terciado al hombro, seguido de cuatro músicos y una romería de viejos cantautores de otros pueblos. Realizarían un largo ensayo antes de participar en un festival de canciones inéditas que promovía el municipio. Me dispuse a escucharlos, a aprenderles. Era la primera vez que podía vivir la música con todos sus instrumentos de cerca, en vivo. Las canciones parecían revelar el universo interior de cada uno de los compositores, sus angustias más profundas, sus esperanzas y denuncias. Mientras los observaba en silencio, la terraza empezó a llenarse de gente, más de la que hubiera logrado en mis mejores faenas de chistes en las cantinas, y empecé a sentir una curiosidad especial por la música de estos viejos: lo que generaba en ellos y en los otros, su relación con la felicidad y el dolor humano: ¿por qué luego de reírse en los coros, caían en llanto a la estrofa siguiente?, ¿acaso los sonidos replicaban con exactitud sus experiencias más tristes?, ¿los agobiaba a la vez que reconfortaba? El tema de dicho festival era nada menos y nada más que La Violencia; esa misma que veía en el televisor rojo y que cada artista parecía conocer tan bien, como si lo que les sucediera a otros fuera su dolor propio. Tal vez ellos también contaban los muertos como yo y compartíamos esa misma sensibilidad. Tal vez yo era como ellos y ese era el sentido de mi vida.

2

En la época de mi encuentro con los compositores tristes, ya en la casa estábamos completos: papá, mamá, mis cuatro hermanos -dos hombres, dos mujeres- y yo, ocupando el penúltimo lugar entre ellos. Vivíamos en una casa que tenía la cara distinta a las otras del pueblo; la nuestra parecía más la cara de un grito, o la de un viejo al que le habían descoyuntado las mandíbulas. Desde la terraza del frente se podía apreciar bien: una puerta grande y larga, casi de bostezo, dos ventanas altas a lado y lado, ojos por los que solo alcanzaban a ver los adultos, y un techo de zinc de trazo perfecto de sombrero chino. Por la gran boca que era aquella puerta, se alcanzaba a ver una garganta oscura y misteriosa que conocíamos solo los que allí habitábamos. Una vez adentro, cuando los ojos se habituaban a la oscuridad, saltaba a la vista una sala pobremente amueblada, ocupada tan solo por dos taburetes de cuero que se apoyaban a la pared, y una tinajera pequeña enterrada a la mitad en el piso de tierra. Frente a ella, dos puertas cerradas con una cortina de cretona. La primera daba acceso al dormitorio de papá y mamá, y la segunda a un pequeño cuarto para mis hermanas y yo. Los dos hermanos mayores pernoctaban en la sala en dos hamacas que aparecían en las noches y desaparecían con la claridad del día. Recuerdo que ellos, adolescentes ya, se quedaban hablando hasta altas horas de la noche, riéndose de una y otra cosa hasta que escuchaban un fuerte esputo de papá seguido de un regaño:

«Sigan hablando y van a ver». Y como nadie "quería ver", entonces la casa se hundía en un silencio extraordinario y, paulatinamente, nos vencía el sueño entre el zumbido de los zancudos, el triquitraque del abanico sin coraza y la respiración pedregosa de papá. Luego nos despertaba una piedra en el techo de zinc, y entonces disputaba con mis dos hermanas el pedazo de estera de junco sobre el que dormíamos. Por cierto, lo de la piedra no solo sucedía en nuestra casa; alguien que nunca identificaron y que no debía estar muy cuerdo, se había atribuido la extraña tarea de entorpecerle el sueño a la gente, solo porque sí.

Mamá era la encargada de las tareas del hogar. Aunque nos acostáramos sin un peso partido por la mitad, al día siguiente, antes que cantara el gallo, ya estaba la yuca puesta en el anafe de barro. El resto de comida aparecía siempre de la nada, sin necesidad de tocar los animales del patio. Papá, por otro lado, se iba desde bien temprano a la ciénaga grande donde la sequía permitía unos playones públicos, y en una frenética carrera contra la creciente, intentaba cosecharle lo que fuera. «Vamos a ver si este año la suerte nos acompaña», decía siempre; pero apenas le salía la barba al maíz y la yuca empezaba a engrosar bajo tierra, ya tenía el agua en los tobillos y perdía todo el trabajo. Cuando la creciente se retrasaba un poco y la cosecha alcanzaba a madurar, entonces su dolor de cabeza eran los ladronzuelos del pueblo. Simultáneo a los cultivos fallidos iba su ambición musical. Aunque no le faltaba una serenata a la medianoche, la gente siempre se quejaba de los precios y pagaban lo que querían.

En aquel mundo cerrado que era nuestra casa, teníamos una singular forma de vivir y de entendernos. El lenguaje, por ejemplo, no necesariamente debía ser verbal: si se trataba de dar alguna razón con suma urgencia o de algún mandado importante, papá tenía un chiflido característico que se podía escuchar en cualquier rincón del pueblo; y de inmediato sabíamos a quién había sido dirigido y qué debía hacer. Cuando escuchaba aquel chiflo que parecía más un alarido de animal, y era el que me correspondía, sin abandonar mis juegos, corría a presentar me lo más rápido posible; a veces convertido en pájaro, mono prehistórico, en viento o en avión. Una vez acudí al mandado siendo un oso perezoso centroamericano y papá

no entendió. Me gané un cocotazo por la tardanza. Una noche escuché al viejo diciéndole a mamá en susurro: «Descubrí un artista en la familia. Ahora sí nos va
a cambiar la suerte».

Al día siguiente, papá me llamó bien temprano:

—Alístate que hoy me ayudarás en el Bajo.

Así le llamábamos a una huertecilla de no más de seis acres de tierra que habíamos heredado detrás de la loma sobre la que estaba el pueblo. En ella no había casa ni cultivo; sobrevivía a duras penas un árbol grande en medio. Allí, en su sombra exigua, estuvimos sentados toda la mañana. No entendía aquel trabajo de cuidar que no se llevaran nada de donde nada había que llevarse.

—¿Te sabes alguna canción completa? —preguntó papá.

—Varias —respondí, picando la tierra con un pequeño alfanje que él me había regalado.

—Lo vas a esmoyar —gruñó el viejo—. En el monte no se puede estar desarmado.

Un ligero soplo que venía de los lados del pueblo remeció el árbol moviendo los huecos de luz en la sombra. Nos mantuvimos quietos y en silencio otro rato, mirando las casas allá en el horizonte de la sabana.

—Hace muchos años un niño como tú anduvo trajinando por estas tierras, soñando con llegar a ser el músico más aclamado del mundo —dijo papá, rompiendo la parálisis del instante—, pero se perdió por no tener quien lo acompañara en la aventura.

—¿Aventura? —pregunté yo sin entender.

—Sí, la aventura de vivir, de triunfar en la vida — respondió papá pasando del horizonte a mis ojos—. ¡Tenemos que prepararnos! Empezaremos por aprender a afilar el machete. ¡Acompáñame!

Caminamos bajo el sol hasta los lindes del Bajo. Allí se escondía un arroyo casi seco que servía de frontera con la huerta vecina. Siguiendo la zanja, se acostaba el tronco de un gran árbol muerto.

—El niño del que te hablo también estuvo en este arroyo —dijo papá—. En ese entonces estas tierras eran verdes y prósperas. Recuerdo que allá —señaló el cielo vacío—, se montaba sobre las ramas de este dividivi y cantaba sus propias canciones a viva voz. También le gustaba imitar los pájaros del monte y sí que tenía cualidades para ello. Su espíritu soñador deseaba ser admirado y amado, y la gente le creía. Los trabajadores del monte venían en sus horas de descanso a escuchar su voz fina; supongo que era como un alivio para ellos, una esperanza. Pero había un problema serio: aquella voz parecía encantar únicamente cuando estaba sobre el árbol; en tierra firme, no pasaba de ser más que una cosa chillona y destemplada; necesitaría de un árbol caminante para llegar hasta otros públicos y lograr sus ambiciones. Pobre muchacho. Examiné con minuciosa atención el gran tronco. El agua lo cubría hasta la mitad, allí acostado y podrido donde estaba. Por uno de los extremos tenía una cavidad por donde se alcanzaban a ver unas salamandras pálidas en su interior. Miré a papá de pronto y nos parecimos tan milagrosamente.

—Y qué pasó con ese niño —pregunté conmovido.

—Nada. Un verano largo terminó por secar el árbol y, con él, su talento. Luego se dedicó a las tareas del monte y a tener hijos, pero sin matar del todo la ilusión por la música.

Papá se agachó frente al caño, sacudió con un cántaro la lama verde que cubría el agua y lo llenó de una diáfana que brotó casi instantáneamente.

—No recibió apoyo ni de su padre —concluyó, y se lavó los pies.

Allí pasamos el resto de la tarde, blandiendo el filo del machete contra una piedra de afilar. Me habló de la música folclórica y sus orígenes, de las fascinantes historias de los compositores tristes de los festivales, de los ritmos indígenas y la música negra; me habló de la cultura vallenata, de los verdaderos juglares y las historias de sus pueblos, de Lorenzo

Morales, Emiliano Zuleta, Abel Antonio Villa Villa, Juancho Polo Valencia, de Alejo Durán, Luis Enrique Martínez, de Pacho Rada, etc.; y yo los vi en sus palabras, en su memoria. Me dejó claro que, así como ellos, todos tenemos las mismas posibilidades de ser lo que queramos ser, sin importar el lugar donde estuviéramos; que solo bastaba con buscar la suerte. Como ejemplo me habló de un tal Pelé, que pasó de embolador de zapatos a convertirse en el rey del fútbol mundial. Cuando casi llegaban las sombras de la noche, montamos el burro y regresamos al pueblo en un duelo de versos instantáneos, refiriéndonos a las cosas en general: a los pájaros del camino, el cielo crepuscular, a los integrantes de la familia y a viajes futuros que haríamos por los pueblos del mundo, etc.

La vida no volvió a ser igual desde esa tarde. Por esos días, papá compró un aparato de radio de segunda mano y lo colgó en el horcón de la enramada de la cocina; así, día a día nos entregamos a la tarea de escuchar la música vallenata (la única que se escuchaba) de otra manera, como creadores y no como público: ampliamos nuestro repertorio, hicimos canciones juntos, y decidimos, sin decirlo, y sin decírnoslo, que yo sería aquel niño del árbol, y que intentaría lo mismo montado en las ramas de sus hombros. Aquello parecía el eslabonado cumplimiento de una profecía. La suya y ahora la mía.

Desde ese momento, papá, como vigía de su propia obra, iniciaría una incansable correría para mostrarle al mundo "la nueva revelación de la música del Caribe", como le hizo creer a la gente, y por supuesto a mí.

El grupo musical inicialmente estuvo integrado de la siguiente manera: papá en el acordeón, mi hermano mayor en la caja y yo en la guacharaca y el canto.

A mediados de ese mismo año (1992), aparecimos en público por primera vez en las celebraciones de las fiestas patronales del pueblo. Hasta entonces, nuestros ensayos habían sido en la poca clandestinidad que nos daba la puerta cerrada de la casa; nadie, salvo los vecinos sabían de nuestra nueva empresa. La banda de pitos estaba en su máximo furor, y papá, iniciándose en el arte de pedir chances y oportunidades, subió a la tarima y logró un espacio en el descanso de los músicos.

Empezamos la primera canción y la ovación de la gente no se hizo esperar, aún recuerdo estar escuchando los gritos.

—No les creas de a mucho —me dijo el viejo en el intermedio de la canción—. Nadie es profeta en su tierra.

Para antes de que acabara la segunda canción, una de mis tías gritó desde el público:

—Muy bueno y todo, pero que continúen los chupa cobres, refiriéndose a la banda.

El resto de ese 1992 bisiesto pasó rápido. Lo había aprovechado escuchando y aprendiendo nuevas canciones, descubriendo nuevas voces en la radio, maneras nuevas de expresarse a través de esta música que, hasta entonces consideraba la única en el mundo. Tan solo descansaba a la hora de las noticias. Saber qué sucedía en el mundo era, entre otras cosas, algo sagrado. Ineludible. Recuerdo que se hablaba mucho de un tal quinto centenario del descubrimiento de América. ¿Qué era América?, ¿cuál era aquella independencia y libertad de la que se hablaba tanto?, no lo supe y, tal vez, en realidad nadie lo sepa. Ya pronto empezaría mi búsqueda por descubrir los tantos misterios del mundo.

Una mañana fría de principios del 93, papá y yo tocamos a la puerta de la Sede Rural Mixta número 2, una de las dos pequeñas escuelas que había en el pueblo. Tras el "tan tararanta" que acostumbraba papá en las puertas ajenas, salió un anciano de boina negra y ojos asimétricos, se veía tan viejo como mi bisabuela muerta. Era el encargado de la portería desde el año de la fundación y, probablemente lo siga siendo ahora que lees estas líneas, sin importar la fecha en que lo hagas. Para su seguridad y la de la institución, cargaba un palo agarabatado que además le prestaba el servicio de bastón.

—Sigan, ya los atienden —dijo con su cara del más allá. Así que nos sentamos en una salita fría y esperamos a que el viejo diera la razón. Al rato nos llamaron de una de las oficinas del fondo y acudimos de inmediato.

—Buenos días, profe —dijo papá—, vengo a que me matricule al niño.

—¿Cuántos años tiene? —preguntó el hombre ajustándose la corbata.

—Ya ando en las cuarenta ruedas —exclamó papá sonriendo.

—¡El niño! —replicó molesto el maestro.

—Cinco —dije.

—No hay manera. La ley dice que solo podemos matricular a niños desde los seis años.

—Ya ando en seis, profe —agregué apresurado.

—No hay manera —dijo de nuevo.

Papá y yo cruzamos miradas y, antes que el silencio terminara por angustiarnos, empecé a cantar; pensaba que la música podía darle solución a todo. Eslaboné con las pocas palabras que sabía, uno de esos versos largos sobre lo que se movía y lo que no en aquel recinto escolar: un verso al profesor, a su corbata roja, a la institución y su importancia, a la biblioteca del rincón y al velo de telarañas que la cubría, a mis ganas de estudiar, a esto y a lo otro, etc.; y entonces como la oficina se fue llenando de gente, también a ellos les hice versos: a la señora del aseo y a la profesora que se paró junto a ella, al vigilante centenario, a una estudiante que de seguro traían a reprender a la sala de maestros, y etcétera nuevamente. Hasta entonces, la cara del profesor, que había permanecido impasible, empezó a dibujar una sonrisa trémula. Aplaudió a destiempo un par de compases y, tras un gran aplauso de todos, tornó a ponerse serio de nuevo:

«No hay manera, la ley es la ley».

Aún tenía en la frente esas pelusillas blancas que quedan del nacimiento, así que no sería fácil mentir sobre mi edad.

—¿Y ahora, viejo? —le dije a papá preocupado. No respondió. Solo sonrió. Parecía estar habituado a este tipo de vicisitudes. Nos fuimos entonces a la Escuela Rural Mixta Número Uno que quedaba al extremo norte del pueblo. La misma operación: cuando nos dijeron que aún no tenía la edad suficiente, volvió mi voz más fuerte. Esta vez con un resultado distinto.

—Si quiere quedarse desde hoy, bien puede hacerlo

—dijo el rector. Luego me trajo lápices y un cuaderno de hojas amarillas. Yo estaba feliz. Me despedí de papá y de inmediato accedí a una galería de innumerables puertas en donde me envolvió el bullicio habitual de estos lugares.

Al llegar las primeras vacaciones escolares, emprendimos una semana de correrías por los pueblos rivereños del sur de Bolívar. Un acordeón, una caja de cuero, una guacharaca de lata y una lista de diez canciones era todo nuestro arsenal. En el municipio de Magangué, ciudad de ríos, abordamos un Jonhson atiborrado de gentes y víveres sin saber con exactitud cuál sería nuestro destino. «Ahí vamos viendo», dijo papá. Alguien que lo escuchó, se metió en la conversación y nos aconsejó Coyongal, un corregimiento de quinientos habitantes que realizaba por esos días el Festival de la Mazorca; una fiesta tradicional que se extendía por tres días y permitía representaciones artísticas de todo tipo. «Ahí les va a ir bien», aseveró el hombre viendo nuestra indumentaria. «No se diga más», respondió papá frotán dose las manos, visiblemente emocionado. Coyongal, así llamado por su gran cantidad de aves coyongos, verdaderamente estaba de fiesta: la algarabía se escuchaba muchísimo antes de llegar al pueblo, la música de las bandas papayeras se montaban una sobre la otra y los borrachos atiborraban el muelle. Una vez en tierra firme, recorrimos la calle principal buscando el mejor lugar para ofrecer nuestras canciones. Un tipo de barba exuberante nos gritó desde la ventana de una casa.

—¿A cómo la canción?

—A dos mil, tres en cinco mil —respondió papá sin vacilar.

—¿Te crees Diomedes? ¡Hijueputa!

Había empezado nuestra primera correría.

Por la tardecita, después de haber repetido en varias ocasiones nuestro show (tres canciones, versos improvisados y recogida de monedas), nos contrataron para amenizar la llegada de un candidato político. Al principio, todo marchó según lo acordado, pero luego, cuando todos se emborracharon, se armó una trifulca en la que llovieron botellas, machetes, piedras, y algunos de la pelotera terminaron cayendo por el barranco del río. Un borracho, que se abría paso en medio de la multitud colérica, vino zigzagueando a donde yo estaba cantando, agitó una botella de cerveza y me apuntó directo a los ojos. Era el mismo montaraz que nos había insultado. Cuando papá quiso reaccionar, ya yo había cambiado el coro de la canción por un llanto desgarrado. Los guardaespaldas del político le cayeron encima al pobre hombre y, sobre ellos, Coyongal entero. Al primer disparo, papá, mi hermano y yo ya estábamos montados en un nuevo Jonhson huyendo a donde fuera.

La correría ribereña continuó por los pueblos de Pinillo, San Martín y Barranco de Loba; haciendo unas paradas breves en Morales y Simití, para luego bajar por el Banco Magdalena, Mompox y Talaigua Nuevo. El regreso hubiera sido tranquilo de no ser por la aparición de un hombre ahogado en cercanías al puerto de Bodega.

En las fiestas patronales de noviembre llegó al pueblo un hermano de mamá que había vivido en el sur del país por más de veinte años: el tío Alberto. Entre las maletas de regalos que trajo, dejó para mí un globo terráqueo, el libro Colombia, mi abuelo y yo, de la escritora colombiana Pilar Lozano, y algunas revistas de estudios geográficos. Aquel regalo me despertó tal fascinación por el mundo y sus lugares, que pronto me vi envuelto en un deseo febril por querer conocerlo todo. A cualquier hora del día se me veía acaballando el mapamundi, viajando con la punta del dedo de la Patagonia a Gran Bretaña, dibujando mapas en la tierra, adivinando capitales de países insospechados o haciendo mis propias cordilleras con el barro de los puercos.

Cuando llovía, hacía en el centro del patio un montículo tan grande que no necesitaban más que un poco de cal en la punta para dar el aspecto exacto del Kilimanjaro. Recorría las cinco calles del pueblo imaginando viajes intercontinentales: las casas eran entonces naciones, unas tan grandes y opulentas como la del inspector, y otras llevadas del carajo como la nuestra. Desde bien temprano salía a saltar los ríos de las cunetas, a buscar en las márgenes de los charcos las similitudes con el mar Muerto, el lago Victoria o el Golfo de México. Deseaba poder flotar para ver desde lo más alto la Ciénaga de Plata, para mí el pacífico infinito, y luego sobrevolar los Andes, que no eran más que los Montes de María que se asomaban por suroccidente. Los Montes de María... antes de convertirse en los montes de la barbarie; faltarían pocos años para que el apocalipsis llegara a este lugar. Ante la imposibilidad de elevarme en el aire, como sospecharán, pasaba encaramado de paredilla en paredilla creyéndome un gigante mitológico. Al atardecer, cuando los rayos caprichosos del sol nos abandonaban por otros parajes, entonces yo era ese sol y podía ver las grandes ciudades de más allá, sus luces, las gentes, todas tan iguales a las de aquí, con sus cabezas y pies en los mismos lugares y sufriendo las mismas necesidades nuestras. Sentí compasión por los niños de ese otro lado desconocido; allá no tenían el privilegio de sospechar siquiera la existencia de este pueblo, porque olvidaron grabarnos en los mapas. A mí, por cierto, me gustaba esa invisibilidad. Más adelante, cuando se esparció con violencia la violencia, esa sería una ventaja. El no estar impreso en los mapas nos hacía invisibles a los ojos de los violentos. No se puede matar lo que no existe.

La música no quedó de lado, por el contrario, me acompañó en mi delirio por los países y mares del pueblo, siendo mi voz el ambiente sonoro de cada juego. En diciembre de ese mismo año, por primera vez, participaría en el festival de canciones inéditas del municipio (Magangué, Bolívar), y ya empezaban a vocear por las calles la temática de rigor a la que debían ajustarse los compositores. La Violencia, nuevamente. Hubiera sido necesario un siglo de festival para hablar de tan vasta cuestión. Papá y yo resolvimos dejar a un lado el ruido de los carros bombas y los carteles de drogas que ocupaban las primeras planas en las noticias, y contar la tragedia de una familia mangagueleña en la que un padre asesinó a su hijo drogadicto.

La misma tarde de la inscripción, papá y yo nos sentamos a la sombra del árbol del Bajo e hicimos "No a la droga"; un paseo vallenato triste que enmarcó aquel suceso espantoso. Hoy sigue siendo la segunda estrofa, mi favorita.

Miren lo que sucedió,

un padre mató a su hijo

la droga el camino marcó,

miren que negro destino.

Su hijo era drogadicto

y cada rato lo amenazaba que,

si no le daba pa'l vicio,

seguro que lo mataba.

El suceso no demoró,

miren qué destino negro,

su hijo se le abalanzó,

y el viejo le dio primero.

Llegó el nuevo con la fuerza,

y con la experiencia el viejo.

Uno cogió pa' la cárcel,

y el otro pa'l cementerio.

Y allí abrazado con él,

bañado en sangre le dijo:

«Papá, no puedo creer,

que mataras a tu hijo».

Y luego, mientras el acordeón se regodeaba en las melodías finales, yo dejaba salir con una falsa aflicción infantil el mensaje final:

Yo le digo a los niños de Colombia que no consuman drogas, que eso es malo, mejor que canten conmigo.

Allí estaba entonces, parado sobre la tarima, con las manos en visera, sorprendido de que hubiera tanta gente en el mundo. Al frente, sentadas en cómodas sillas, estaba la que mal llaman "gente importante", y tras ellos, una reja de hierro atajaba a un río de gente que se extendía hasta más allá de donde los fritangueros incendiaban el horizonte. Primero, el aplauso generoso que se les da a los niños por el hecho de ser niños; luego, el llanto de la gente por cuenta de la canción y su crudeza.

A la madrugada, Alfredo Gutiérrez, uno de los juglares más jóvenes que papá mencionó junto al arroyo, nos hizo entrega del trofeo mayor. Detrás de él, apareció el presidente del festival con un sobre de papel que abrí de inmediato. Al interior un solo billete.

—Pasen por el resto mañana a mi oficina —le dijo a papá entre dientes al sentirse descubierto.

Sabrá Dios de ese hombre.

Las últimas semanas de 1993 fueron intensas y gloriosas. Una mañana, bien temprano, escuchamos en la radio que el último de los grande juglares estaría de visita en Buenavista, Sucre, un pequeño municipio a menos de cincuenta kilómetros de nuestro pueblo. Se trataba del gran Abel Antonio Villa Villa, un viejo juglar centauro (mitad acordeón y mitad cantor) nacido en 1924 en el corregimiento de Piedra de Moler (nombre más espectacular), jurisdicción del municipio de Tenerife, Magdalena. Papá y yo habíamos hablado también de aquel maestro en nuestras clases junto al arroyo del monte, me había contado que antes las canciones parecían colgadas del viento, y que solo existían cuando el músico tomaba su instrumento y las interpretaba, pero que rápidamente morían en la memoria del oyente. Hasta que apareció Abel Antonio

Villa, el primer acordeonero que llevó este instrumento a la grabación comercial. «A él hay que agradecerle toda la música de acordeón que escuchamos, él fue el primero en grabar», dijo papá esa vez.

Esa misma tarde viajamos a Buenavista a conocer al maestro y no fue difícil encontrarlo; todo el pueblo se hallaba volcado a las afueras de una casa blanca donde estaba parrandeando. Quienes se encargaban de custodiar la puerta, apenas nos vieron los instrumentos encima nos dejaron ingresar, creyendo que éramos parte de sus músicos. Pasamos al patio, el lugar de la parranda, y un pequeño grupo escuchaba en silencio la historia de la famosa canción La muerte de Abel Antonio, contada y cantada por el propio protagonista muerto.

—Hoy conocerás al padre del acordeón —me susurró papá al oído.

Sin duda un apelativo que traducía grandeza. Así, pues, sin hacer tanta bulla nos fuimos integrando al selecto público.

—...Y entonces, aparecí borracho en la quinta noche de mi novenario —dijo el que sería, sin dudas, el juglar. Un hombre grande y ensombrerado, vestido con un traje blanco y elegante—. Carajo, me había muerto y no lo sabía. Ahí lloró todo el mundo; vea: niños, viejos amigos de infancia, mujeres que ni conocía, y bonitas, carajo, todo el pueblo triste por la muerte de Abel Antonio. Cuando me vieron, la gente se espantó, y entonces me tocó explicarles que el muerto no era yo, que había sido un homónimo mío del ejército. Desde entonces, prometí siempre vestir de blanco en honor a esas cinco noches de velorio que me hicieron en cuerpo ausente.

Tras las risas y los aplausos de la gente, el maestro abrió su acordeón y a todos se nos iluminaron los ojos con las notas de apertura de este clásico.

La muerte de Abel Antonio

en mi tierra la sintieron los muchachos.

Fueron cinco noches que me hicieron de velorio

y para mis nueve noches todavía me deben cuatro.

Abel Antonio no llores,

que eso les pasa a los hombres.

Abel Antonio no te pongas a llorar,

que eso le pasa al que sale a caminar...

Emocionado miré a papá en medio de la canción. Entonces me sonrió y apuntó con sus labios a alguien sentado junto al maestro.

—Ese que ves ahí —dijo—, es otro de los grandes compositores de este país: el rey de la canción vallenata en tono menor. Su nombre es Mateo Torres, el único compositor oriundo del Cesar al que le han grabado 46 canciones en tono menor. 16 de esos temas han sido verdaderos éxitos: ahí tienes a Lleno de ti, que le grabó el Binomio de Oro, o Amor sin fronteras, inicialmente hecha en salsa. Hasta el mismísimo Joe Arroyo le ha pedido canciones. Ahorita que se reposen te paras junto a ellos para tomarte la foto. Esto no se ve todos los días.

Al finalizar la canción, alguien preguntó:

—Maestro Abel Antonio, ¿Cuántas novias tiene ahora? Todos se desternillaron de la risa. El juglar, que ya había cumplido los setenta años, se tomó su tiempo haciendo las cuentas; luego sonrió y soltó un uf largo, que acompañó con la siguiente frase. «Ustedes saben que las mujeres nacen con el amor y uno lo reclama». Tras las risas finales, la gente se dispersó. Papá y yo aprovechamos para dejar registro fotográfico y salimos de aquella parranda para montarnos en un bus con destino a Montería, la ciudad de las golondrinas.

Así como el río Ródano divide a la capital de la seda (Lyon), el Arno a la ciudad de los Médicis y el Rin a la ciudad alemana de Colonia, en Colombia el río Sinú atraviesa a Montería hendiéndola en dos partes. Entre las pocas cosas que estos lugares puedan tener en común está la necesidad de hacer de una ciudad de río, una ciudad de puentes. Cabría mencionar entonces que la compañía que construyó el famoso Hohenzollern en Colonia, destruido y reconstruido tras la segunda guerra mundial, fue la misma que puso sobre el río Sinú, por allá en 1957, al bellísimo puente metálico Gustavo

Rojas Pinilla. Sobre él nos hallábamos ahora, viendo ba jar la corriente suave, esperando que la gente saliera a dar un paseo por la Avenida Primera para abordarlos con nuestro acordeón.

Abajo, cruzando el río de lado a lado, un viejo planchón llamado La Estrella del Sinú retomaba la jornada luego del descanso del mediodía. Papá agudizó la mirada y al verlo nutrido de gente exclamó en tono solemne:

—Bajemos, el escenario nos espera.

Pagamos quinientos pesos de pasajes y, sin pedir permiso, arrancamos con el 039 de Alejandro Durán. Sonaba a gloria el acordeón en mitad del río, en ese silencio del que gozan estos aparatos ausentes de motor:

Cuando yo venía viajando, viajaba con mi morena Y al llegar a la carretera se fue y me dejó llorando. Ay, es que me duele, y es que me duele y es que me duele, válgame Dios, 039, 039, 039 se la llevó.

Unas garzas que se hallaban sobre las barandas de seguridad del planchón volaron en estampida y, así mismo, volaron también las monedas de la gente generosa dentro de nuestro sombrero. Al rato, después de haber hecho varios recorridos de una margen a la otra del río, un grupo de galleros se subió a la nave con gran alboroto. Discutían sobre cuál sería el mejor veneno para aplicarle a las espuelas de los gallos para aniquilar al contrincante, y otros temas gallísticos. «Esta noche será definitiva para conocer la mejor cuerda de la región», anunció uno de ellos. Papá, con la mano izquierda con que tocaba los bajos del acordeón, me hizo una señal de tijera con los dedos y, de inmediato, apresuramos el final de la canción.

—Arranca el cordobés del maestro Adolfo Pacheco — me dijo con una sonrisa.

De inmediato empecé a cantar:

Canta pinto blanco, hazle honores a tu raza Y que te acompañe el nazareno de la cruz Y pelea como sabes tú, ¡haz de tu pata una metralla! Para que sepan en la valla cómo pelean los del Sinú.

El grupo se giró de inmediato. Uno de ellos, un hombre magro, de bigote blanco y pistola al cinto, se acercó y nos hizo la invitación más peligrosa que hubiéramos tenido hasta entonces.

—Esta noche los espero en la gallera La Zenúfana. Quiero que canten esta canción para el patrón; él dice que le trae buena suerte. Papá asintió sin darse cuenta. En realidad, no estaba convencido, pero pensaría que lo mejor en estas situaciones es no contradecir al cliente. Luego resolveríamos si dar o no cumplimiento a la cita.

A las diez de la noche llegamos a la gallera. Una veintena de guardaespaldas armados hasta los dientes custodiaban el lugar. Todos de civil. Nos hicieron pasar con urgencia como si llevaran rato esperándonos.

—Apuren, sigan por aquí —ordenó el hombre de bigote cano que nos había hecho la invitación.

Ya adentro del recinto, un hombre gigante y encorvado por el peso de tantas cadenas de oro, se paró en el centro del ring y los hizo callar a todos sin decir una palabra.

—Antes de empezar la contienda, quiero recordarles que la riña es entre los gallos, no entre nosotros. Que no suceda lo mismo del año pasado. Aquí ninguno vino a buscar problemas, esos los dejamos afuera; aquí vinimos fue a divertirnos, a vivir esta pasión que nos une y, por supuesto, a ganarnos un billetico. ¿Estamos de acuerdo?

—La gente aplaudió sin mucha convicción. Luego, en otro tono, añadió—: ¡Muestren qué fue lo que trajeron!

Los apostadores, narcotraficantes famosos del Caribe y el interior (luego lo sabríamos), pusieron sobre las barandas de la gallera tantos fajos de billetes que casi les cubrían el rostro. Yo nunca había visto tanta plata junta en la vida, ni siquiera en las películas; aquello alcanzaría para volver rico a todos los pobres del país si se hubiera querido. Papá y yo nos miramos una y otra vez, temerosos, incrédulos de haber terminado en este lugar; no sin negar cierta emoción. Con un solo fajo hubiéramos podido comer (yogures, cereales y cosas de ricos) durante cinco años sin necesidad de las fatigosas correrías por los pueblos.

A la señal del hombre de bigotes, empezamos a cantar el merengue acordado. Fueron veintisiete peleas esa noche, y veintisiete las veces que tuvimos que tocar El cordobés. Las apuestas más sencillas no bajaban de cinco millones de pesos colombianos. Me preguntaba quiénes tendrían equivocada la noción del dinero, si ellos o nosotros; y de qué nos servía a nosotros tener la idea correcta si al fin y al cabo eran ellos los de la plata. En fin, nos quedaba el consuelo de que al menos no parecían más felices que nosotros.

A eso de las tres de la mañana, cansado y decidido a no seguir cantando, resolví cambiar la canción por el legendario tema del Amor, amor, y antes de darles tiempo a cualquier reacción, enlacé una secuencia de versos de despedida, al que papá no tuvo más remedio que acompañarme con el acordeón. Recuerdo claramente las dos últimas coplas.

A este público presente
yo le digo la verdad
Aquel que tenga billete
que venga a colaborar
Que cuando yo tenga plata
se la voy a regresar.
Y de inmediato el siguiente:
Yo vengo de Cascajal
Esa tierra del pescao

Ya no quiero cantar más

Porque me siento cansao.

Alguien ordenó que separaran los gallos que peleaban en ese momento. El silencio se apoderó de la gallera y papá sintió la necesidad de rodearme con los brazos, como protección. El hombre de las cadenas se levantó de su trono, saltó con dificultad el anillo donde peleaban los gallos, sacó su arma y se paró frente a nosotros. Me quitó el sombrero y empezó a darle vueltas sobre el cañón de su pistola.

—La madre para el que no le colabore al pelao —dijo soltando una carcajada.

No quisimos ni contar los billetes del susto y la emoción. Apenas se descuidaron, salimos con el botín de aquel fortín gallístico, espantados, pero con plata.

Con los años volví a verlos de a uno en uno, y no precisamente en las parrandas de las galleras, sino en las noticias que anunciaban sus muertes o extradiciones.

Rápido finalizó mi primer año de escuela, y entramos a 1994: el renombrado año del deporte y la familia. ¡Qué bonito pintaba! Recuerdo que en el aire se respiraba la esperanza de la paz. La guerra de carteles parecía cosa del pasado con la reciente muerte de Pablo Escobar. Se vivía también una emoción futbolera como nunca antes:

«Colombia será campeón mundial», decían los díceres. Las cabañuelas de ese enero fueron torrenciales e hicieron reverdecer la sabana. En esas primeras semanas, participamos en varios festivales de versos improvisados y obtuvimos los primeros lugares. El año era toda una promesa. Intensificamos nuestras correrías musicales por pueblos y ciudades intermedias y, en general, éramos bien recibidos; luego volvíamos al pueblo al lunes siguiente y yo retomaba mis jornadas escolares para de nuevo estar de vuelta en la correría del fin de semana de más arriba. En cada nuevo lugar vivíamos una aventura distinta, algunas tan inverosímiles como lo eran mis juegos en las calles del pueblo. Yendo por ahí y regresando por allá, conocimos a tantos rebuscadores como nosotros, artistas del bien y el mal: cantores ambulantes, prestidigitadores, artesanos de sombreros, armadores de corralejas, saltimbanquis, fritangueros, familias circenses, compositores olvidados, cuenteros, genios matemáticos, ladronzuelos, perdularios, mercachifles, falsos profetas, tramoyeros, marrulleros, adivine dónde está la bolita, ruleteros de feria, falsos paralíticos, estafadores, mercenarios, nigromantes, desterrados, sodomitas, falsificadores, enanos saltadores de toros bravos, vendedores de santos, roba ladrones; todos tan errantes como nosotros, condenados a deambular para siempre en esta región perdida y siempre de fiesta.

—Este año cantaremos junto al más grande de todos los artistas vallenatos —aseguró papá al regreso de uno de estos viajes, aumentando mis expectativas.

Desde la primera semana de abril, el año que parecía venturoso empezó a despeñarse. Ahora que la agitada pasión por la geografía y la historia me habían llevado a recorrer el planeta, y a conocer sus rincones en los atlas, libros y revistas, y que sentía a cada país como parte de esta región, las cosas malas que sucedían en las zonas más remotas empezaban a repercutir negativamente en mis tareas diarias. ¿Cómo ir a la tienda a hacer un mandado y no pensar en el genocidio en Ruanda que pasaban en las noticias? No entendía por qué a nadie parecía importarle estas cosas que a mí me atormentaban. «La ignorancia es la felicidad», dijo la abuela Mita en una ocasión, y sí que tenía razón. No me imagino a este niño averiguador teniendo acceso a fuentes de información como el Internet de nuestros tiempos; si así reaccionaba a los frívolos noticieros nacionales y a la radio local, qué hubiera sido si se enterara de crímenes históricos inimaginables como el Comercio Triangular, del que a la vez provenimos; o, para no ir tan a atrás y plantarnos en el siglo XX, enterándose del "genocidio olvidado" de Namibia, cometido por Alemania entre 1904 y 1908. Cómo podría vivir imaginando el sufrimiento de los hereros y los nama tras la repartición de África, comunidades que tomaron los alemanes y a las que, ya aburridos de asesinar, los forzaban a adentrarse al desierto al que previamente le habían envenenado las aguas; o si supiera del genocidio congolés, con su abominable rey Leopoldo II de Bélgica, quien cortaba las manos de los niños cuando sus padres no cumplía con la cuota de caucho diaria; o el genocidio Armenio a manos del gobierno de los Jóvenes turcos del imperio Otomano, o la hambruna que desató Mao Zedong con su fallido Gran Salto Adelante, en que millones de decenas de chinos parecieron esfumarse en solo tres años (1959-1961). Respecto a esto, recuerdo con tristeza las palabras de un sobreviviente: «Fui a un pueblo y vi 100 cadáveres, luego a otro pueblo y vi otros 100 cadáveres. Nadie les prestó atención. La gente dijo que los perros se comían los cuerpos. No es cierto, dije. Los perros habían sido comidos hacía mucho tiempo por la gente».

Y, por último, por no decir más y por no evidenciar que mi pasión continúa ahora en la adultez, los horrores cometidos en los más de 400 campos de concentración de la Gulag de Stalin en sus 30 años de operación; y contando, y contando... qué terror cuando la maldad humana se institucionaliza.

Volviendo a donde empecé, las imágenes del televisor redundaban con tanta fuerza en mi cabeza, que solo eran superadas montándole "encima" otras tragedias más recientes. Ruanda (una nación tan pequeña que, si esta región fuera una sábana, la arroparía de ida y vuelta), vivía en esos días la más terrible masacre. Cien días de gritos que el mundo ignoraría, cien días en que veía frente al televisor rojo cómo los vecinos entraban a tu casa y asesinaban a tu familia y luego te cortaban a machete hasta la muerte por ser un negro tutsi y no un negro hutus, como ellos. Eran los mismos negros, pero unos "ingeniosos" belgas habían clasificado las razas y se les ocurrió concluir que unos eran superiores a los otros. Lo que hizo el gobierno fue comprar 600.000 machetes y repartirlos entre el pueblo hutus, el mayoritario y "superior", y ordenarles exterminar a sus hermanos. 800.000 tutsis masacrados, casi el 75% de su población. En las noticias, los cadáveres se amontonaban con una terrorífica naturalidad y nadie dijo nada. El mundo no dijo nada. Aquellas imágenes me acompañarían por mucho tiempo, incluso hasta después de que nuestra región empezara a padecer una violencia similar.

Tras los días del genocidio ruandés la gente ya no me parecía tan buena. La certeza de que los hombres podían decidir por la suerte de los otros, me llevó a las preguntas más manidas de la historia: las fundamentales, las que han intrigado a la humanidad por los siglos de los siglos. Evoco con claridad esos domingos siguientes: yo, de la mano de Mago, mi madre, saliendo a buscar respuestas a la iglesia del Perpetuo Socorro, la de la torre que veía desde los guásimos del patio. «Bienvenidos a la casa de Dios», decía un señor vestido de un blanco impecable.

Me recuerdo sentado en los duros escaños de madera escuchando con atención cada palabra, imaginando cómo sería aquel ser todopoderoso que nunca se presentaba y sin embargo la gente fielmente iba a visitar.

Más adelante, en la adolescencia, tuve una convicción bastante fuerte de que estas cuestiones estaban por encima de nosotros y el problema de Dios era irresoluble. Las cosas serían, en adelante, posibles; todas, hasta Dios. Todo podía pasar o no pasar; de esa manera me sentiría viviendo en un mundo más grande y fantástico. Hoy creo que hay algo de divinidad en todo, lo percibo en el amor de Mago, en el árbol del arroyo, en las estrellas del pueblo y en los libros, en la música, en el ímpetu de papá, en los abrazos y la ternura de Mita, en el viento y en la ciénaga que es nuestro mar.

Como resultado, perdí el segundo año escolar por no saberme el padre nuestro. Así me lo hizo saber la seño, y así se lo dijo a papá para que me pegara.

3

La correría que empezamos por los pueblos de la sabana nos traía ahora a una ciudad a 1.000 kilómetros al sur tras el rastro del artista más grande del género. Era ésta la mañana del seis de noviembre de 1994, la más fría y oscura que haya visto jamás. Llegamos cansados y somnolientos tras un día y una noche en los que estuvimos enroscados en los asientos de un viejo Thermo King, abandonados al rumor del motor. A este lado del mundo las nubes se arrastraban tras el andar de la gente, deambulando por las calles, al alcance de la mano. Por lo menos así estuvieron hasta después del mediodía, momento en el que papá me levantó del asiento metálico de la terminal para irnos a un concierto donde nadie nos esperaba. En el trayecto, sus apurados habitantes parecían condenados a un eterno ir y venir, presos tras gruesos vestidos que dejaban ver a duras penas sus ojos tristes, como si el hecho de vivir aquí implicara el castigo de vagar por las calles para siempre. Llegamos a eso de las tres de la tarde al parque El Salitre, lugar del concierto. Entre empujones y pisotones nos abrimos paso entre la multitud hasta estar frente al vestíbulo bajo la tarima de la concha acústica.

—Señor, el niño quiere versear con Diomedes —le dijo papá a alguien con acreditación del evento como si se tratara de cualquier cosa menor. El hombre de smoking y corbata ni se inmutó, era como si nadie le estuviera hablando. Entonces nos dirigimos a otra de las puertas. El tiempo apremiaba, ya nuestro artista había empezado el concierto y debíamos darnos prisa o estaríamos perdidos. Papá, en una diligencia frenética, averiguó el nombre del encargado del espectáculo y pronto estuvimos frente a él.

—Doctor, el niño quiere cantar con el Cacique, ¿hay alguna posibilidad?, vea que venimos desde muy lejos. El señor me sonrió, y luego respondió sin mirarnos. «El evento ya está armado y no hay espacio para nadie». Papá se heló de inmediato; lo sentí en su mano derecha que agarraba la mía. En ese momento el artista terminó una canción, dijo unas palabras que enloquecieron más a la gente y, de inmediato, empezó otra: Mi ahijado, de su propia autoría. Los ojos de papá, apeñuscados por los años, mostraron de pronto un brillo de contento. «Por aquí», me dijo, y fuimos hasta otra de las entradas. «¡Sargento!», le gritó papá a un grupo de uniformados, «vengo con el ahijado de Diomedes, anoche me llamó él mismo, y me rogó que le trajera al niño para darle el aguinaldo por adelantado». Hubo un silencio largo antes que respondieran. «Por aquí nadie tiene autorización de entrar, así que quítense de ahí», dijo con desdén uno de ellos. No había caso, ya empezaban a encender las luces de la noche y el evento era diurno y familiar. En breve estaría por acabarse todo. Caminamos entonces, ya con menos esperanza, a una de las puertas traseras por donde se veía que llevaban a los que sufrían desmayos. El tumulto era mayor a este lado, la gente esperaba la salida de los artistas para pedirles autógrafos y demás.

Miré a papá, le sonreí, y entramos entonces a una discusión sin palabras sobre si activar o no el plan de emergencia. Cuando papá dijo: «No», me desmayé. Cerré los ojos y lo siguiente que escuché fue al viejo avanzar entre la gente apretada: «¡Permiso, den espacio para que el niño respire, ¡déjenlo entrar! ¡Agua, por favor!, ¡que tome agua!». Las manos de todos se dispusieron como quien carga a una estrella del rock y en segundos estuve sentado en una cómoda silla en el interior del hall que da acceso a la tarima. Apenas me dejaron solo, corrí por una escalera en espiral y al instante estaba arriba junto a los músicos, recibiendo el viento helado de frente. Caminé lento hasta el proscenio y, asombrado por aquel océano de rostros pálidos, me paré frente al Cacique, así le llamaban. Él se agachó y pude decirle a la distancia de un suspiro: «¡Vine a versear contigo!». Me sonrió y entendí que sí, pero que al finalizar la canción. Mientras esperaba, contemplaba al más prodigioso de los acordeoneros de la música vallenata: Juan Humberto Rois Zúñiga, un hombre como cualquier otro, cabello rizado, dientes al aire, con un bigote más bien descuidado, pero con un don único para ejecutar su instrumento. Desde entonces quise ser como él. Recuerdo que me miró con su inacabable sonrisa y, a una señal, me encontraba en una contienda de versos improvisados con el más grande cantautor vallenato de todos los tiempos. Conmemoraré sólo algunos, de los tantos versos de esa tarde.

Diomedes canta bonito,
pa' Colombia es un orgullo
Diomedes yo soy tu amigo,
quiéreme como hijo tuyo.

Yo soy un hombre chiquito
con corazón de elefante,
pero estoy bien segurito
que nací para cantante.

Diomedes nació en La Junta
y yo nací en Cascajal
ay la gente me pregunta
que si yo soy su rival.
Mi papá me fabricó,
mi mamá hizo compañía
ay un niño como yo
no nace todos los días
y esto se lo digo yo
que si nace no se cría.
Yo soy un cantante pobre
y aunque pobre voy pa'lante
pero cuando gane plata
me pongo un diente de diamante.

Luego de mi último verso, Diomedes se agachó emocionado y me dio un abrazo fuerte. Sacó del bolsillo unos billetes con una india impresa y dijo lejos del micrófono:

«Tome pa' que mujeree»; también me entregó un tarrito blanco que decía Chapstick. No tengo presente los detalles siguientes, sólo recuerdo estar llorando sobre los brazos de la gente enloquecida, flotando sin rumbo, hasta que la mano fría de papá me rescató. «¿Qué te dio Diomedes?», preguntó papá de inmediato. «Esto», dije sacando el tarrito blanco de mi bolsillo. El viejo me lo arrebató de la mano y con un cuidado extremo lo metió dentro de una bolsa y ésta a su vez dentro de otra bolsa. «¡Esto es peligroso!, ¡vámonos!». (Mucho tiempo después supimos que era un bálsamo labial para las quemaduras). Pasamos, entonces, junto al dueño del evento y lo saludé con la mano como quien se despide o quiere borrar a alguien del paisaje. Regresamos al pueblo en un sueño denso y continuo, pensando en que el año no había sido tan malo. A los 15 días (21 de noviembre de 1994) murió Juancho Rois en un accidente aéreo, en inmediaciones de Tigre, ciudad venezolana.

En enero de 1995 empecé clases de acordeón con papá. De tanto verlo tocar, bien sentía yo que podía hacerlo y así fue. Más temprano que tarde, estaba acompañando mis propias canciones en las correrías.

Pocos meses después, cuando se nos acabó la plata del Cacique, el viejo, mi hermano y yo volvimos a las andanzas de siempre; esta vez, llegamos a un pueblo desolado del norte al que se le notaba la pobreza más que al nuestro. Aun así, en esa andadura febril sólo la lluvia nos hacía cancelar los shows, nunca la soledad, por más fantasmal que fuera. «Barco parao no gana flete», dijo papá en tono ceremonial y, una vez listos bajo la sombra de un olivo, iniciamos la canción de siempre. Luego de un par de estrofas una muchedumbre, que apareció casi sin darnos cuenta, nos miraba con admiración y descaro; éramos una más de las tantas ferias errantes del Caribe. Recuerdo que en ese lugar descubrí que podía dormir al tiempo que tocaba y cantaba. Mientras cerraba los ojos, aparentemente inspirado por la música, tenía unos lapsus de sueño que me hacía alargar las canciones más de la cuenta. Papá, que no me quitaba la vista, una vez se percataba de este artificio ingenuo, me despertaba con una falsa carraspera y de un espanto me hacía apresurar el final de la canción. Al recuperar la conciencia sentía que llevaba horas repitiendo y repitiendo quién sabe qué melodía. Esa vez la gente respondió con unos aplausos escuálidos y continuamos con la segunda canción: El creo al revés, la puya que escandalizaba a la gente. «Es un enano el que toca», dijo una señora que pasaba bajo el sol; «Tiene un radio escondido dentro del acordeón, ¿no se dan cuenta?», corrió a decir otra; «Es un niño genio», diría otro con igual desacierto. Al terminar el show recibimos monedas de unos e improperios de otros: «Ese acordeón es muy pesado para el niño, no lo va a dejar crecer; deberían poner preso a ese explotador de hijos», agregó la que dijo que el acordeón guardaba un radio. Sin responder nada, alistamos nuestros macundales y seguimos la correría, deseando un pueblo que fuera más rico, amable y generoso; ignoraba que la pobreza era eterna, inextinguible, y abarcaba, como el sol, todos los rincones de estas tierras.

Al regreso de nuestra correría, papá desempolvó una vieja máquina de soldar que había heredado del abuelo y se inventó un atril de hierro que cargara el acordeón por mí. Dicho aparato tenía como mecanismo una abrazadera en la parte superior que aseguraba el instrumento con tornillos y tuercas, todo esto soldado a una varilla larga que a su vez reposaba sobre una pata de gallina. Y ahí íbamos nosotros y nuestro pesado robot, perdidos en el laberinto de los pueblos de la sabana, detrás de quién sabe qué.

Para entonces ya sabía leer y empecé a descubrir que la música -ese arte del sonido y el tiempo- podía compararse con la pequeña esfera tornasolada, y de casi intolerable fulgor, a la que hacía referencia el libro negro de papá: El Aleph; y que podía, de igual manera, contener el universo entero. La música no solo eran sonidos con cierto orden, sino también formas, colores, lugares, recuerdos. Podíamos cerrar los ojos y, gracias al oído, ver los misterios más ocultos de la historia, los rostros de los muertos, las respuestas a lo fundamental, sentir a los dioses, era como entender el lenguaje de las aves, etc. La melodía precisa, el instrumento indicado y el momento exacto, juntos, podrían llevarnos a lo más profundo de nosotros mismos y a la vez a la galaxia más remota, a los mares sin nombres, a ver los peces que nadie ha visto (y hago una pausa, más bien, para no caer en la retórica y la chachara, si es que ya no caí), etc. Lo cierto es que un mensaje a través de la música podría cambiar, verbigracia, los malos pensamientos de un hijo descarriado, y ayudarnos a mejorar nuestra relación con los otros. Y más allá, si se quiere: papá decía que los ecos de las melodías del pasado, siguen y seguirán retumbando en algún recodo del tiempo y el espacio, y que acceder a ellas (mientras soñamos, por ejemplo) podrían revelarnos en una noche cualquiera, el misterio de la vida tras la muerte, los sueños de los no nacidos, los recuerdos olvidados de los muertos y la complejidad de aquellas cosas que creemos que no existen. Para todo existe una banda sonora, basta nomás encontrarla o dejarse encontrar; como si se tratara de la gran Biblioteca de Babel pensada por Borges, pero una de ritmos, sonidos y silencios.

4

En este camino de vuelta hacia mi remota infancia, encuentro que las ideas más inverosímiles de ese niño que ya no soy, y que añoro, son el resultado de vivir en un lugar donde la vida y la muerte, así como otros tantos misterios, convergen el uno en el otro. Trataré de explicarme: el tiempo aquí, en este punto perdido de la tierra, para quien sabe verlo, puede llegar a ser una especie de pasadizo en el que es posible andar en cualquiera de sus dos direcciones. Presente y pasado son algo así como destinos a los que se puede ir y volver. Todo es posible en este pueblo retostado por el sol, siendo los sucesos que ocurrieron verdaderamente genuinos. Recuerdo ahora una de esas tantas noches en que se iba la luz eléctrica y la familia se reunía en el patio fresco de la casa de Mita a escuchar sus historias de espanto: estábamos en el paroxismo de uno de estos relatos, cuando surgió de un montoncito de basura junto a nosotros, la figura de un perro negro del tamaño de un burro. De su boca descomunal le salía un auténtico infierno que nos iluminó el rostro a todos. Los niños corrimos presos de pánico junto al adulto más cercano, pero estos se estuvieron serenos, como si aquel aparato del más allá fuera una más entre las cosas cotidianas del pueblo. Esa reacción, o no reacción, me causó más asombro aún; tanto, que luego casi vi con normalidad al animal sacudir la tierra de su pelaje para correr por el callejón con la boca llena de candela. El primo Carlos y yo salimos tras él hasta la calle y alcanzamos a observar al animal en llamas perdiéndose por los lados de La Huerta del Diablo. Todos lo vimos y todos lo vieron, no hubo que contarle a nadie. Después del suceso mi abuela rompió el silencio con un:

«Calabaza, calabaza, todo el mundo pa' su casa», y cada quien agarró a sus pelaos y fueron, sin afán, a ponerle las trancas a las puertas. Nosotros fuimos los últimos en evacuar por ser miembros de la familia.

A partir de entonces la casa de la abuela fue uno de mis lugares favoritos para jugar. Era una casa grande y fresca, además de dulce para los eventos inexplicables. En sus muchos cuartos, todos con candados, estaba guardado intacto el pasado de la familia, y yo quería conocerlo y revelarlo. Ahora mis juegos no sólo irían hasta donde me lo permitieran la música, los atlas, los libros, el paisaje y la imaginación, sino que podía viajar a un "más allá" real; transitando, por ejemplo, desde sus dormitorios misteriosos a otros tiempos y a otras gentes.

Una tarde escuché a Mita hablar con un niño detrás de una de las puertas. En la conversación, la abuela le suplicaba que no fuera a bañarse a la ciénaga crecida, que se quedara en casa, con ella; a lo que su pequeño interlocutor respondía con altanerías. Les interrumpí con voz fuerte: «Mita, aquí le mandó papá el almuerzo», y de golpe el adentro se quedó en silencio. Al rato, el candado empezó a crepitar en las argollas oxidadas y abrió de pronto su quijada de animal hambriento, dejando la puerta hundirse en la oscuridad absoluta. Eché un último ojo afuera. Las otras puertas del corredor permanecían cerradas, la sala desierta, y la puerta que daba al patio estaba trancada desde adentro con la espalda de un taburete. Sentí más amble el adentro oscuro que esta casa desolada, y, con más curiosidad que miedo, entré a la habitación. La puerta se cerró detrás de mí como en las películas de terror que aún no había visto.

Al principio estuve tranquilo, a pesar de no ver y escuchar nada, pero luego fui percibiendo el olor averaguado de las cosas viejas y una risita burlona corrió junto a mí como si quisieran ahogarla con las manos. Avancé a tientas en la penumbra para llegar a la ventana que daba al callejón que sabía que estaría al frente, pero mis manos ciegas se perdieron en el aire caliente. Regresé, entonces, con la misma cantidad de pasos hasta la puerta de entrada, pero me fue imposible hallarla, ya no estaba allí. Quise descubrir cualquier cosa, el borde de una cama, alguna pared, un mueble, pero aquel lugar infinito solo me ofrecía el piso desnudo y frío. Con las horas terminé por caminar confiado, a paso seguro, no era necesario calcularlos en la penumbra, pues el suelo yacía abierto y limpio. El adentro no era ningún adentro, sino un afuera infinito en el que sin ver nada podía correr, volar. Un nuevo grito se escuchó a lo lejos, arriba, afuera.

—Mita, aquí le mandó papá el almuerzo.

Era mi propia voz. Intenté responderle (o responderme) pero las palabras no me salieron. La incertidumbre de quedarme atrapado para siempre en esta oscuridad vacía me heló la sangre. Ya no me causaba gracia. Entonces volvió la risa, esta vez, regándose ampliamente por todo el lugar. Se entendía que era la del mismo niño grosero de la conversación inicial.

—¿Quién eres? —le grité.

—Abel, tu tío —respondió de inmediato.

—Mis tíos todos son grandes y ninguno se llama Abel.

—Pues lo soy. He estado jugando aquí desde antes que tú nacieras.

—No te conozco. ¿Por qué no sales? —inquirí.

—Porque estoy muerto.

—Eso no se puede —señalé con firmeza—. En este pueblo los muertos sólo salen pasada la medianoche, y no se están escondidos en los cuartos de las casas.

—Qué vas a saber tú de muertos, bobo —replicó dolido.

—Los he visto —concluí.

La verdad, sí le creí. Incluso sentí pena por él. Ha debido ser muy triste estar encerrado en esta casa encerrada. Dicen en el pueblo que los niños se quedan jugando cerca al lugar de su muerte para siempre. Le iba a preguntar cómo le había sucedido todo, pero se anticipó como si leyera mis pensamientos:

—¡Sígueme!

Una luz incandescente reveló de pronto la Ciénaga de Plata. El tío Abel salió corriendo y, antes de alcanzar a verle el rostro, se zambulló en las aguas furiosas. No tendría más de diez años aquel niño escuálido.

—¡Ayúdame! —gritó desde el agua, y eso fue todo.

Mita acababa de entrar por la puerta de la calle y me espantó:

—¿Qué haces aquí solo, mijo?

Yo tenía la frente pegada a la puerta del cuarto.

—No estaba solo, Mita —y volteé a mirarla a los ojos—. Hay gente aquí adentro.

—Deben ser los retratos de las paredes queriendo llamar la atención, no hay que hacerles caso —dijo ella. Al ver mi incredulidad, sacó un manojo de llaves y casi le fue imposible abrir el candado por la oxidación.

La puerta se abrió lentamente rastrillando el desnivel del piso y entramos. Los agujeros del techo de zinc permitían unos chorros de luz por los que alcancé a ver unos muebles viejos y unas cortinas curtidas. Al fondo se divisaba la ventana que daba al callejón, y más arriba, la foto del niño pegada en la pared.

—Estuve hablando con el tío Abel —le dije.

Nada respondió la abuela. Caminó de frente, abrió la ventana y se quedó mirando las flores del callejón.

—¿Qué pasa en esta casa, Mita? —volví yo. Ella sólo negó con la cabeza.

La abuela conservaba el mismo semblante sereno de sus retratos de juventud. En casi setenta años nadie la oyó quejarse de achaques ni enfermedades. Cuando alguien le preguntaba: «¿Cómo estás, Cira?», ella respondía de inmediato: «¡Como un corozo!», lo que significaba que estaba dura y fuerte para enfrentar el verano más intenso si fuera el caso. Sin embargo, ese día descubrí en ella la mirada de quien sufre un dolor indecible.

—Uno se cansa, mijo —dijo de pronto, sin soltar la mirada de las cayenas rosadas del callejón—, uno se agota de estar aquí soportando el peso del sol en este pueblo jodido, detrás de nada. Para qué tantos hijos y tanto correcorre si apenas se crecen terminan por desconocerlo a uno. Yo tuve nueve hembras y cinco varones y el cuidado con cada uno fue el mismo; ¿y dónde están ahora? Apenas sé de ellos cuando los traen con los pies por delante. De a uno en uno me los van trayendo y así mismo los voy reubicando en sus lugares para no dejarlos ir nunca más. Por eso estos cuartos están oscuros, así les entre la luz, porque aquí viven mis hijos muertos, o sus espíritus, o sus ánimas, como la gente quiera llamarles. Este era el cuarto de Abelito hasta que fue a ahogarse a la ciénaga. Si me hubiera hecho caso...

A continuación, Mita descolgó el cuadro de la foto del tío Abel, le limpió la telaraña, y se le salió un «se parecía a tu papá» apesadumbrado.

—Vámonos —reaccionó de pronto—, no deberíamos estar aquí demasiado tiempo.

Mita tiró el retrato en la cama con prisa, cerró la ventana y salimos de la penumbra de aquella habitación. Cuando le pregunté si podíamos entrar a otra, me contestó un «No» seco, en tono de regaño, y agregó que los penados no eran todos iguales y que en aquellas recámaras oscuras también había peligros. En adelante, seguí yendo a jugar a la casa de la abuela, pero siempre procurando pasar rápido por el corredor oscuro para no escuchar los llamados de aquello que se me asemejaba a un purgatorio. A finales de abril de 1995, la correría nos llevaría por primera vez a la meca del vallenato, Valledupar, Cesar, ciudad cuna de la música que cantaba por los pueblos. Papá me explicó que allí habían nacido los juglares que mencionábamos tanto en mis clases de música, y que anualmente se realizaba un festival que reunía a los mejores exponentes del género. Ya era tarde para inscribir una de nuestras canciones inéditas, pero aún era posible registrar mi nombre para competir en piquerías. No hubo que pensarlo, esa misma tarde ya tenía la credencial que me hacía miembro de los participantes. Uno de los verseadores con mayor trayectoria se nos acercó y trató de disuadirnos.

—¿Y el niño va a concursar?

—Pregúntaselo —respondió papá.

—Aquí no hay categoría infantil, pelao. ¿Tú eres consciente que te vas a enfrentar con nosotros?

—Como la pelea no es a trompadas, sino a palabras...

—dije inocentemente y aquel campeón se fue en silencio. Ya en la tarima, primero verseé con el ganador del festival de Codazzi, y luego con un tal Pedro Niebles, un viejito de 70 años. Pasé sin mayores problemas esas rondas del concurso. Por último, tuve que enfrentarme al rey del año anterior: el gran Luis Mario Oñate. Los jurados, en un discurso breve que dieron, optaron por el recurso fácil de declararnos empatados, pero dándole al adulto, por su trayectoria, la oportunidad de seguir a la final.

Supuse que era una de esas excusas que se les da a los niños para que no se traumaticen.

Ese mismo año nos encontramos con Consuelo Araújo Noguera, una de las mujeres más poderosas y significativas de la región, creadora del festival y promotora de nuestra cultura. Estábamos sentados detrás de la histórica tarima Francisco el Hombre y, al verla pasar, papá saltó junto a ella para no perder la ocasión y la costumbre:

—Doctora, nosotros venimos del sur de Bolívar; el niño ha sido eliminado de la competencia y no tenemos con qué devolvernos al pueblo.

—El festival no le responde a nadie ni por una bolsa de agua —dijo la mujer y siguió de largo. Esas fueron las únicas palabras que le escuché.

A pesar de este breve y amargo encuentro, conocerla constituye un momento memorable en esta historia; sobran las palabras al intentar describir lo que representó para nuestro país cultural: Consuelo no solo fue una mujer fuerte y estricta sino, tal vez, la más alegre de la región. La Cacica, como la bautizó Guillermo Cano, director de El Espectador (periódico en el que tuvo además una columna de opinión por más de 22 años), era una líder excepcional, una mujer de vanguardia, con más visión y carácter que cualquiera: publicó la primera obra sobre música vallenata que se escribió en el mundo (Vallenatología, 1967), fue cónsul en Sevilla, España, Ministra de cultura, fundadora de los Niños del Vallenato (grupo que llegó hasta la Casa Blanca a cantarle a Bill Clinton, entonces presidente de Estados Unidos), directora de importantes programas radiales y etcétera. Una mujer Imparable, hasta que guerrilleros del frente 59 de las Farc cometieron el crimen más triste de nuestra historia y nos dejó a todos sin consuelo. Recordemos que, en este país, lo impensable sucede.

A la semana siguiente, luego de la gira por el valle de Upar, la tarea de cazar artistas a la que nos habíamos entregado, me tenía sobre una tarima en Magangué, Bolívar, frente a Tomas Alfonso "Poncho" Zuleta, también conocido como El Pulmón de Oro; sin lugar a dudas la voz más potente del género vallenato. Primero me dejó cantar una canción junto a él y luego empezamos una batalla de versos que gracias a los videos puedo reconstruir fielmente. Aquí algunos del rifirrafe de esa noche:

Yo vine a cantar aquí
y mi mente se respeta
¿Quién es más inteligente,
soy yo o Poncho Zuleta?
A este verso imprudente, Poncho respondió:
Yo me siento entusiasmao,
dice el hijo e Carmen Díaz
Qué mujer tan atrevía
la que parió a este pelao.
Y volví yo de inmediato:
Ay, gracias yo te doy Poncho
por haberte conocido

y de no estar bautizado
usted fuera mi padrino.
Poncho me cargó,
bailó conmigo en brazos y dijo:
Y es que vivo complacido
y yo aquí vivo engreío
ojalá los hijos míos
cantaran como este niño
Y volví yo:
Solo tengo siete años
me llamo Víctor José
nativo de Cascajal,
cerquita de Magangué

Al final de los versos y frente a todos, el cantante sacó una paca de billetes y metió algunos en mis bolsillos.

En junio de 1995 volvió el tío Alberto al pueblo. Esta vez trajo para mí un atlas visual de la Segunda Guerra Mundial en cuya portada se mostraba un acorazado disparando al mar. Me contó que lo ganó en un curso de vigilancia en el que salió con mejor puntaje en polígonos. Aquellos mapas y fotografías, al igual que las breves historias que contenía, terminaron constituyendo uno de los temas más apasionantes en la adolescencia que me vendría más adelante. Ese 1995 fue denominado el año de conmemoración a las víctimas de la Segunda Guerra Mundial; se cumplían 50 años del final de aquel conflicto histórico que causó tanta muerte y sufrimiento.

Muchos años después, en un corto viaje por el suroeste de Polonia, pude comprobar que ninguna descripción podía revelar la verdadera dimensión del terror que allí se vivió. Recuerdo que esa tarde, luego de una caminata por Auschwitz, Birkenau, corrí a escribir lo siguiente:

«Camino despacio mirando con atención cada uno de los barracones. En su interior creo ver ojos que me siguen, cientos de ojos y caras, allá dentro, perdidos en la penumbra y el olvido, como si el tiempo y el dolor no les pasara. Como si la muerte no viniera aún a salvarlos. Creo que nunca podré olvidar lo que mis ojos vieron hoy: su entrada de fábrica y cementerio, las innecesarias cárceles subterráneas, el paredón de fusilamiento, el madero de ahorcamientos, los menajes, las caras pequeñas de los niños en las miles de fotografías de los corredores, sus ojos y sus trajes, las valijas aún a la espera de sus dueños, las cámaras de gas y los arañazos en las paredes, marcas de la agonía; los hornos crematorios donde tantos y tantas entraron vivos para luego convertirse en espiral de humo. Hoy, creo que las llamas de la crueldad humana consumieron para siempre mi fe».

Millares de inocentes que hubieran preferido no nacer, no ser, llegaban por esos rieles de a cien por vagón. Hambre, sed, asfixia, locura... Esa tarde ya no se escuchaban los gritos, sólo el viento rompiendo las virutas secas de las ramas altas, que se desparramaban como si fueran cuerpos humanos.

5

LOS AÑOS DEL MAR 1996 a 1999

Una niña de vestido rojo corre descalza hacia el agua. Sus pequeños brazos, blancos como la espuma que la salpica, van abiertos, arrastrando el aire, dispuestos a volar. Es esta la primera imagen que tengo del mar: un resplandor y un abismo desenfocado, detrás de una niña que juega. Cuando dejé ir mis ojos a aquel infinito, entendí que solo por vivir ese estremecimiento inicial valía la pena haber nacido. Fue Santa Marta la primera ciudad del mar que papá incluyó en nuestra correría. Desde entonces, habiendo probado la bondad y generosidad de aquellas almas perturbadas por la belleza del mar, los turistas, no dejamos de recorrer sus costas en lo que quedaba de siglo.

Antes que el día empezara a arder, papá, mi hermano y yo ya caminábamos de ida y vuelta por la playa, atentos al primer turista interesado en pagar por escucharnos. El viejo era quien cazaba los clientes, ofreciéndoles el coro de algún clásico vallenato, mientras mi hermano, rezagado siempre en la caminata, cargaba los instrumentos. Yo por mi parte, gozaba del fuero infantil de estas tareas tediosas y me dedicaba exclusivamente a contemplar el paisaje: los barcos, los enormes rascacielos y, por supuesto, las niñas de vestidos rojos. A decir verdad, a pesar de estar frente al prodigio del mar, estos años no fueron tan bonitos como los imagino ahora; los fuertes vientos del Caribe a veces sacudían mi cuerpo liviano a tal punto que papá tenía que prestarme un brazo. Esta dificultad, además del esfuerzo que exige caminar en la arena, cantar con la garganta salada y soportar el peso del sol tropical, hacía agridulce el trabajo del rebusque; sin mencionar aún la obligación de tener que alquilarle la poca fuerza de mis brazos a un acordeón a cambio de unas monedas. Mi verdadero deseo estaba en el agua, correr en el agua, zambullirme como los demás niños, nadar -que es, de alguna manera, abrazar el mar, jugar sabiéndome libre y sin el peso de ninguna responsabilidad, aunque esta constituyese, a su vez, el único medio para cumplir un sueño: el sueño de llegar a ser alguien. Como si todos no fuéramos ya alguien. Hoy, que me detengo a recordar, pienso en las tantas personas que nos cruzamos en el camino del mar. No solo a las que conocimos y les cantamos y nos aplaudieron y nos ayudaron, sino también las otras, las de paso; esas con las que, si al caso, cruzamos una mirada distraída. Tantas gentes de este y otros países reunidos aquí, al azar, en un mismo tiempo y lugar, con historias tan distintas y desconocidas; cuántas de ellas ya extintas y uno sin enterarse, sin tomarlo en cuenta. A ellas, a las personas que habitan mis fotos del mar en los planos de atrás y no nos dicen nada, y a ese momento que compartimos sin saberlo, un abrazo de tinta y papel.

Entre los años 1996 y 1999, siempre llevé conmigo una libreta para anotar las cosas que me interesaban del camino: lugares, personas, sensaciones, acontecimientos, etc. Tal vez ese fue el primer impulso que sentí por la escritura. Así confirmé que no todos los libros estaban escritos, sino que yo también podía crear ese portal para revivir los eventos ya ocurridos, ese viaje a los ecos, a los olores y sabores ya experimentados, a lo que fue y que ya no era.

He querido a veces volver a recorrer los lugares que aparecen garabateados en esa vieja libreta, especialmente los pueblos del mar, para verificar si su existencia es real o si eran meras fantasías infantiles que alcahue teaba con ingenuos artificios literarios. Cuando estoy por convencerme de esto último, aparecen las fotografías para atestiguar su veracidad: nosotros encaramados sobre el volcán de Arboletes, en Antioquia, cantando para un grupo de desconocidos de barro; nosotros caminando sobre el muelle Los Córdobas del corregimiento de Córdoba, en Córdoba, improvisándole versos a dos extranjeros enamorados que miran el ocaso; nosotros frente a un grupo de cantaores en la celebración del Festival Nacional del Bullerengue en Puerto Escondido, pueblo del Urabá cordobés; nosotros, los asusta perros (como nos llamaron en algún pueblo), en las playas de Moñitos sentados bajo una ceiba pintada con la bande ra de Colombia; y luego en isla fuerte cantando bajo un misterioso árbol que camina. La costa Caribe no acababa y seguía extendiéndose para nuestra fortuna: anduvimos también por Coveñas y sus playas diáfanas, Santiago de Tolú, Berrugas, la Cartagena turística, esa a la que dedicamos tantos y tantos viajes; a Galerazamba, Bolívar, Puerto Colombia y Ciénaga, Magdalena, y un etcétera largo de otros lugares menores. Tantos paraísos naturales, algunos aun desconocidos, para fortuna de sus habitantes.

Para poder llegar al mar desde nuestro pueblo debíamos andar por lo menos tres horas en buseta, pasando obligatoriamente por el corazón de los Montes de María: "El camino del infierno", como le llamaban algunos conductores de esa ruta. Por esos años se había desatado una guerra entre paramilitares y guerrilleros como antes no se había visto. Como quien dice, se puso de moda la muerte. Cada que nos acercábamos al tramo comprendido entre Ovejas (Sucre) y San Jacinto (Bolívar), entre los pasajeros se hacía un silencio de terror, acaso interrumpido por los rezos de alguien. A lado y lado de la carretera se veía siempre una estela de carros quemados y abandonados en cuyo interior no era raro ver algún esqueleto humano. Ni quién recogiera estas pobres almas. Una mañana de marzo de 1996, mientras los pasajeros comentaban del burro bomba que había estallado en una estación de policía en Chalán (municipio de la zona), el conductor frenó el bus intempestivamente.

—¡Hijos de puta! —exclamó con rabia.

Cuando nos asomamos por la ventana, vimos una hilera de carros que avanzaba montaña adentro.

—Es la guerrilla que está de pesca —concluyó.

—¿Una pesca milagrosa? —preguntó una joven, ya sabiendo que sí.

—Esa misma —respondió un anciano.

—¡Quién se habrá inventado esa cosa tan horrible, ve!

—volvió la mujer.

—Quién más que Romaña —dijo el conductor—, aunque él le llama "impuestos para la paz".

Por fortuna los habíamos visto a lo lejos. Así esperamos un par de horas y continuamos la ruta sin problemas.

Un año después, el 23 de marzo de 1997, se produjo la primera masacre del Salado, Bolívar. Poco se habla de ella y es entendible; en la ulterior, sucedida a principios del año 2000, el repertorio del horror se desplegó de manera tan inimaginable que acabó volviendo pequeño cualquier suceso anterior.

Mientras íbamos y veníamos de rebusque en el mar, hubo más de medio centenar de masacres en esta región. Seguíamos el hilo de la guerra escuchando las historias en los buses, contadas por los mismos protagonistas que huían a las ciudades principales del norte. Allí, andando, compartiendo un lugar y un dolor, conocimos de primera mano los horrores ocurridos en Ovejas, Canutal, Mapuján, Macayepo, Curva del Diablo, Las Brisas y San Cayetano, Hato Nuevo y La Libertad, Chinulito y el Cerro, Chengue y, por supuesto, la segunda masacre del Salado; la más espantosa de todas. Cuando los contadores de historias se bajaban de los buses, y se perdían en el tumulto de las terminales, tristes y desolados, nosotros tragábamos amargo y debíamos cantar nuestras canciones como si nada; como si no viviéramos también el temor constante de que nuestro pueblo fuera el siguiente en la lista. De estas historias anónimas y dolorosas compusimos la canción En quién creemos, Señor, un paseo vallenato que cada vez que canto, siento como si todas esas voces tristes de los Montes de María corearan dentro de mí. A continuación, me atreveré a escribir la letra sin su vestido melódico; y perdonen si les parece poco, esto que para mí es todo:

En quién creemos, Señor, en quién creemos

Si ya hoy en día no hay en quien confiar.
Tantas masacres que cada día vemos

y todo esto parece que no está pasando na.
En quién creemos, Señor, en quién creemos,

si yo veo ausente la anhelada paz.
No se respeta ya la vida de nadie

Quién sabe adónde iremos a parar
Matan las monjas, los niños y los padres

Y todo esto parece que no está pasando na.
En quién creemos, Señor, en quién creemos,

si yo veo ausente la anhelada paz.
Secuestran comerciantes niños y ganaderos

Y a periodistas que son para publicar

Matan a los policías, soldados y guerrilleros

Y el pobre campesino no tiene tranquilidad

En quién creemos, Señor,

en quién creemos,

si por todos los medios se anda hablando de paz.

No se respeta la vida de candidatos

Que honestamente nos quieren representar

En cualquier parte caen acribillados

Y todo esto parece que no está pasando na.

Le han cortado las venas

a nuestro pueblo colombiano

Y paulatinamente se comienza a desangrar

En quién creemos, Señor, en quién creemos,

si por todos los medios se anda hablando de paz.

Faltando un mes para acabarse el año, el siglo y el milenio, decidimos evitar la peligrosa ruta del mar e irnos a rebuscar a la tranquila ciudad de Mompox. Salimos temprano a abordar el ferry que nos cruzaba gratis a la otra orilla del río Magdalena, con tan "mala" suerte que llegamos justo cuando el planchón acababa de despegarse de la tierra

—Bueno, será regresarnos al pueblo —dije yo emocionado.

—Vayamos a Sincelejo, no hay que perder el fin de semana —dictaminó papá.

Tres horas más tarde, estaba yo verseándole a una rueda de gente en el parque Santander de esa ciudad, cuando una mujer blanca y pecosa se nos acercó:

—¿Dónde estaban metidos? los he estado buscando por todo el Caribe. Queremos que el niño sea protagonista de una telenovela que empezaremos a grabar el próximo mes.

Papá aprobó con la cabeza. Pareció estar esperando esto desde hace mucho tiempo. ¿Era acaso esta la oportunidad que buscábamos? me preguntaba yo. Lo cierto era que, de aceptar, sería el fin de las tediosas correrías, al menos por un tiempo. Esa misma mañana, luego de entender de qué trataba todo y firmar los detalles de la negociación, corrimos de vuelta al pueblo para hacer maletas. Cuando llegamos, la terraza de la casa estaba llena de gente. El abuelo había muerto.

De este día guardo una imagen en la memoria: papá y yo bajando la loma que da a la casa con los equipajes al hombro, al tiempo que el féretro subía para ser velado. Devolví una mirada al pretil de la casa y vi a mamá despidiéndonos con la mano, férrea, casi con una sonrisa, guardando un espacio para la esperanza en medio del dolor por la muerte de su padre, mi abuelo Leovigildo. En Bogotá nos recibió el tío Alberto, el mismo que me surtía de libros y mapas. En este lugar detengo la escritura para agradecerle tanta generosidad.

6

Justamente en 1945, mientras el mundo contaba los millones de muertos de la mayor guerra de la historia, en Palenque, un pueblito a tan sólo hora y media de Cartagena, Colombia, nacía la gloria hecha hombre: Antonio Cervantes, Kid Pambelé. Nuestro encuentro se dio en el ocaso del año 2002, tres años después de haber grabado la primera telenovela (Alejo Durán, La búsqueda del amor, del canal Caracol) y alguna otra más. Con todo y eso, seguíamos siendo pobres (dicho sin patetismo) y nos vimos abocados a volver a las faenas callejeras del rebusque, esta vez en la ciudad de Bogotá. Ya para entonces, el dos veces campeón mundial del peso wélter junior había hecho y deshecho con su vida; conocía el mundo, la fama, el dinero y, encandilado por la mismísima gloria, había caído al fondo de su desgracia. Como diría mi amigo y maestro Alberto Salcedo Ramos en su libro El oro y la oscuridad: lo mareó la cima. Era uno de esos sábados en que la lluvia y la policía, ambas dueñas del espacio público, no nos dejaba asentarnos tranquilamente en un lugar. Mi padre, mi hermano y yo, con dolor en los talones de tanto andar, pasabamos de la plaza Las Nieves al parque Santander, y luego bajábamos decepcionados por la avenida Jiménez para intentar hacer una última función frente a la fuente de agua sucia que precede a la carrera décima. Justo allí, mientras tocábamos un merengue cualquiera, un hombre negro, flaco y mal trajeado entró a la rueda con un singular baile, aprovechando la música gratis. Inmediatamente papá dejó de tocar la guacharaca encantado por este ser extraño, y pronunció las que pudieron ser sus últimas palabras: «¡Llegó el hombre que metía los puños con fuerza!». Al instante, el tipo se dio media vuelta y le lanzó un uppercut a la barbilla, que donde acierte me deja sin guacharaquero y sin padre. «¡Y todavía los meto!», respondió, y se fue. «Ese era Pambelé, el campeón mundial», diría el viejo, asustado. Me quedé inmóvil viendo cómo se perdía entre la multitud aquel rastro de humo que era también un hombre, con su olor a cosa echada a perder, y entonces, desde lo más profundo de mi alma de niño juré nunca convertirme en un campeón mundial.

El 24 de septiembre del año 2002, día de las Mercedes, patrona de los reclusos, en la misma fuente donde se dio el encuentro con Pambelé, conocimos a un cura noble y bondadoso encargado de mantener la fe de los presos de la cárcel Modelo de Bogotá. Allí, bien temprano, nos invitó a llevarles una serenata a los reclusos y nosotros aceptamos sin reparos. A cambio, recibiríamos un mercado y podríamos pasar nuestro sombrero de monedas para que ellos también nos colaboraran. Por cinco años consecutivos fuimos de patio en patio perturbando a esta gente con nuestras canciones. En esa peligrosa tarea vimos a muchos de los protagonistas de la guerra: cabecillas de las Farc, jefes paramilitares, políticos corruptos, narcotraficantes, etc.; entre estos a Martin McCauley, James Monaghan y Niall Connolly, los tres ciudadanos irlandeses miembros del Ejército Republicano Irlandés (IRA), quienes, al parecer, estuvieron en la zona de distensión entrenando a las Farc en el manejo de explosivos. Los extranjeros estaban en el pabellón de máxima seguridad la primera vez que los espanté con el acordeón. La propina fue gloriosa: doscientos dolaretes. Tanto para nosotros, que aún debería quedarnos un restico de esa plata.

7

De mi encuentro con el más sanguinario paramilitar de los Montes de María.

A finales de junio del año 2004, tiempo en que grababa una nueva telenovela (Las noches de Luciana, del canal RCN), papá y yo cantábamos para un pequeño grupo de actores a la sombra de un almendro en las playas de Rincón del Mar, corregimiento de San Onofre, Sucre. De repente, el rugido de dos camionetas repletas de hombres armados nos hizo callar. De la primera se bajó un tipo alto y recio, de bigotes recortados, pantalón negro y camisa de cuadros azules; su cara era dura y bajo sus ojos pequeños llevaba unas bolsas de agua que le daban un aspecto de mal dormir. Algo me resultaba conocido de este hombre. Si han de recordar que una de mis pasiones (o vicios) era estar día y noche pegado a las noticias, supondrán que de allí podría venir mi sospecha. Cuando estuvo a tan solo tres pasos de nosotros, supe de inmediato que se trataba del Verdugo de Macayepo, Rodrigo Antonio Mercado Pelufo, alias Cadena o Rodrigo Cadena; comandante del Bloque Norte y Héroes de los Montes de María de las AUC; responsable de las aterradoras historias que escuchábamos en los buses de camino al mar, y de todo el sufrimiento de esa gente. A su lado se hizo un hombre que cargaba un radio de antenas largas, quien nos reparó de arriba abajo y nos habló seco y pelao:

—¿Qué hacen por aquí?

Paola Turbay, una de las actrices que nos acompañaba, no sin miedo, tomó la vocería.

—Estamos grabando una telenovela y quisimos conocer el pueblo.

—Ujum —se limitó a decir el radio chispas.

Rodrigo Cadena, aun sin pronunciar una palabra, se desabrochó los tres últimos botones de la camisa y dejó ver por qué le llamaban como le llamaban. Una cadena brillante nos destelló los ojos de inmediato; no tenía un dije, sino seis, y cada uno era una letra en oro macizo que juntaban la palabra C A D E N A. En ese momento (no pudo haber otro peor), el bajo de mi acordeón se accionó accidentalmente y el tipo dirigió la mirada hacia donde yo estaba. No pude evitar pensar en cuanto horror había visto con esos mismos ojos, cuántas suplicas ignoradas.

—¿Cuál es el miedo, pelao? —dijo sonriendo. Temblando de espanto miré a papá y luego nuevamente a él.

—Tóquense El cordobés —continuó el tipo.

Sin esperar el conteo de costumbre, empecé a interpretar la canción solicitada. Los hombres armados se habían repartido por todo el lugar: unos a la entrada de la calle, otros en la playa y los demás rondando sin detenerse en un lugar específico.

Antes de finalizar la última estrofa, el comandante le ordenó algo a sus hombres, y rápidamente se subieron a sus carros para dar la vuelta frente al mar. La camioneta del temible Cadena se detuvo frente a nosotros nuevamente, y con el vidrio a la mitad, se dirigió a papá: «Pásese a la finca mañana por la tarde para regalarle un acordeón al pelao». Y dicho esto, los carros salieron a toda velocidad, como almas que ni el diablo querría llevarse.

Cuando se disipó el polvorín de tierra, uno de los pescadores que estaba presente pasó murmurando junto a nosotros.

—Ni se les ocurra ir al Palmar.

Muy cerca al paraíso natural que era el Rincón del Mar, estaba la puerta al mismísimo infierno: la hacienda de quinientas hectáreas donde, según los pobladores, desaparecieron más de tres mil personas por las acciones del Cadena y su banda. Otro pescador nos contó que la gente decidió no hablar de ese tema por puro dolor y miedo. Nos aseguró que allí en las tardes se oían los lamentos de las almas que habían muerto de la manera más cruel, y que se mezclaban con los gritos de súplicas de los vivos que corrían la misma suerte.

—Ahí tienen de base un grupo de cincuenta gatilleros —continuó el pescador—. Yo entré una vez. Fui a llevar unos pargos que me encargaron. A la salida escuché a alguien gritando desde la casona: «Mátenme, pero no me entierren. Necesito que mi madre me encuentre». Así es la cosa ahí.

Los presentes guardábamos silencio.

—Vea, compa —le refería el hombre a papá—, con decirle que en esa finca no solo se planean las masacres de la región, sino que allí mismo, en un árbol de caucho, ahorcan gente a diario para luego descuartizarlos con motosierras y alimentar a una cría de cocodrilos que tienen. Estoy hablando en serio. Y más de la cuenta —dijo reaccionando de pronto. El hombre salió apurado, se le vio arrepentido, como si alguien que no debía lo hubiera escuchado.

A la tarde siguiente y sin avisarle a nadie, papá tuvo el arrojo de ir al siniestro lugar. Ni siquiera pudo pasar de la entrada. Uno de los matones del Cadena lo frenó de inmediato.

—¿Qué se le perdió?

—Vine porque ayer el señor Rodrigo...

—Ábrase de aquí. Él está ocupado —remató el hombre. Y eso fue todo.

Meses después de ese encuentro casual, durante las conversaciones del proceso de desmovilización de los paramilitares, alias Cadena se dirigía a la finca de un amigo cuando desapareció por arte de magia. Se presume de su muerte porque el vehículo en el que viajaba se encontró quemado; pero hoy, casi 20 años después, momento en que escribo estas líneas, mucha gente cree que se haya escondido en algún lugar de la región, vivo.

8

A la lista de importantes artistas del folclor vallenato que he venido mencionando, habría que agregarle otros nombres y momentos no menos especiales: es el caso de mi encuentro con el juglar sabanero Enrique Díaz, El Tigre de María la Baja, en Guamal (Magdalena); también mi despedida del maestro Hernando Marín en Montelíbano (Córdoba), días antes del fatídico acciden te que sufrió en septiembre de 1999; la tarde de versos con Iván Villazón en el parque Lourdes en Bogotá, donde casi nos descalabra una lluvia de monedas luego de un verso desafortunado: «Yo vengo de Cascajal,

me llamo Víctor José, el que me quiera dar algo, que me lo dé de una vez»; y la gente lanzó tantas monedas que fue necesaria la intervención de la policía ante el peligro de perder un ojo; los distintos momentos con Jorge Oñate en Buenavista (Sucre), en Barranquilla y en Mompox; las largas tandas de versos con Los Hermanos Zuleta, tres veces en Magangué, en Santa Marta y Barranquilla; y más encuentros con Diomedes Díaz en Barranquilla, Bogotá, Sincelejo y Magangué; con Mi guel Herrera, Marcos Díaz y Silvio Brito; con el Checo Acosta (orquesta a la que pertenecí dos años); con los mayores Nafer Durán, Leandro Díaz y Lorenzo Morales en Valledupar; con Noel Petro y Farid Ortiz en el sur de Bolívar; aquella amistad impensada con el inmarcesible Rafael Escalona, quien tuvo el detalle de aparecerse de sorpresa con una grabadora de regalo en uno de mis cumpleaños en Cascajal. Y siguiendo con los grandes de la poesía vallenata, cómo dejar por fuera los encuentros con Romualdo Brito, Gustavo Gutiérrez, Luis Egurrola y el gran Adolfo Pacheco; o con los acordeoneros El Pangue Maestre, El Cocha Molina, Iván Zuleta, Álvaro López y Juancho Rois; con Los Betos, Villa y Zabaleta, en Magangué y Cereté; Junto a Alci Acosta en Soledad, Atlántico; Aníbal Velázquez enseñándome Guaracha en España en su casa en Barranquilla, antes de obsequiarme su guitarra más preciada; con el Binomio de Oro y sus jóvenes promesas (Jean Carlos

Centeno y Jorge Celedón) en Corozal (Sucre); con el inagotable Calixto Ochoa en Sincelejo; con el turco Gil en su academia vallenata, y otros tantos que ya la memoria no recuerda.

Ahora, cuando está por terminar el año 2022, han pasado treinta años desde mis primeras clases junto al arroyo del Bajo. La tierra se sigue viendo cuarteada, seca. El árbol muerto se ha disuelto en la zanja y ahora hace parte de la tierra. Papá, que ha venido a acompañarme en esta tarde espléndida, se halla sentado en una oquedad del árbol del centro, junto al que hemos construido una casa pequeña. Sus ojos no lucen el mismo brío de antes y su cuerpo se ve maltratado por el rigor del monte. Ya no está para estos soles, pero él insiste en que las clases aún no terminan, y yo le creo. Mientras lo observo desde la distancia, pequeño e inmóvil, pienso en el camino andado, en los aplausos y desprecios recibidos. Tengo la certidumbre de que no importa si ha valido la pena tanto afán y sacrificio, que lo verdaderamente importante es vivir y no estar muerto, y tener algo que contar y contarlo. Pienso también en cómo los sueños perdidos de los padres pueden tener una segunda oportunidad en sus hijos. Quito la mirada del horizonte y miro al cielo vacío donde estuvo el árbol que sostenía a aquel niño. Lo veo. Ahí sigue, meciéndose. Y yo, bajo el árbol, sobre el árbol, el árbol.

9

La actualidad

En adelante, los hechos que me acontecieron no fueron tan intensos como en esa etapa inicial (probablemente en treinta años piense distinto); pero quisiera anotar que luego de esa lucha incansable de correría en correría, y que la adolescencia me arrebatara la dulzura de la voz, la vida no se detuvo: el paso por la televisión me llevó a estudiar arte dramático en la Casa del Teatro Nacional; la muerte me hizo prestar el servicio militar en Leticia, Amazonas; el narcotráfico intentó embarcarme a Carolina del Norte; la música me unió como acordeonero a artistas admirables como Rafael Santos Díaz, Penchy Castro, Alejandro Palacio, Fanny Lu; el deseo ferviente por los mapas me llevó a conocer el mundo real (Venezuela, Ecuador, Perú, Brasil, Argentina, Paraguay, Uruguay, Panamá, Costa Rica, México, Chile, Estados Unidos, España, Polonia, Italia); los libros me presentaron a Borges, García Márquez, Saramago, Ribeyro, Julio Verne, Juan Rulfo, Isidore Ducasse, Cortázar, etc.; y el amor me regaló una nueva familia.

Junto a mi hermano Orangel y mi primo Reynerio.
Nuestro primer conjunto.

Acompañado por mi padre:

Víctor Carlos Navarro Jiménez.

Mi madre Magola Jiménez Aguilera.

Junto al maestro Abel Antonio Villa, el Padre del Acordeón.

Alfredo Gutiérrez.
Festival de la Canción Inédita, Magangué, Bolívar.

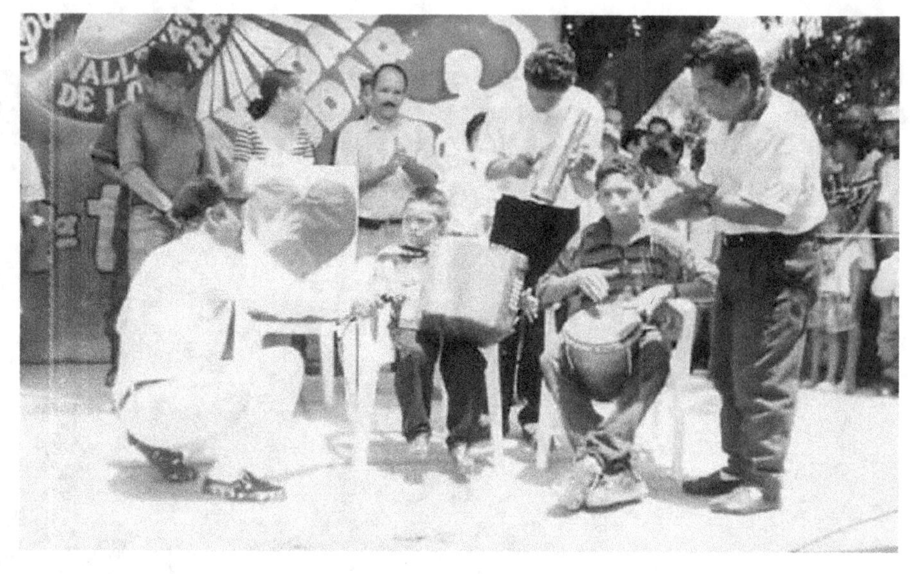

Una mañana de rebusque en Magangué.

Festival Vallenato, Valledupar, Cesar.

En casa del maestro Aníbal Velásquez,

El Mago del Acordeón.

Piquería contra Luis Mario Oñate,
El Rey del Verso. Festival Vallenato.

Verseando con Tomás Alfonso "Poncho" Zuleta,

El Pulmón de Oro.

Más versos con Poncho.

La visita sorpresa del maestro Rafael Escalona

en uno de mis cumpleaños. Cascajal, Bolívar.

Un nuevo encuentro con el maestro en Bogotá.

En grabaciones de la telenovela Alejo Durán, la búsqueda del amor.

El Cacique de la Junta,
Diomedes Díaz.

El Cacique de la Junta,
Diomedes Díaz.

Festival Vallenato, categoría infantil.

Las Musas del Vallenato.

Juancho de la Espriella.

Alex Basile. Un ángel del camino. El responsable de mis estudios de arte dramático en la Casa del Teatro Nacional. A ti y a Eunice, gracias siempre.

El compositor Chiche Maestre y mi hermano Orangel.

El Rey de la Cantina, Alci Acosta.

Por casi dos años pertenecí a la agrupación del Checo Acosta. Allí acompañaba algunas de sus canciones y me permitían cantar una propia.

El Eterno Trovador del Pueblo, Hernando Marín.

El Rey del Disonante, Andrés "El Turco" Gil.

Papá, mi hermano y yo.

Con Gloria Valencia de Castaño.
Nominado a mejor actor infantil
por la revista TV y Novelas.

Sábados Felices en tiempos de Alfonso Lizarazo.

El Gago de Oro, Emilianito Zuleta.

El Tigre de María la Baja,
El maestro Enrique Díaz.

Con el Rey Vallenato Egidio Cuadrado
y mi primo Pipe.

Con el emblemático cajero de la dinastía
de los hermanos López, Pablo López.

El Pechichón, Marcos Díaz.

Jorge Oñate.

El Jilguero de América,

El Checo Acosta.

El rey vallenato Nafer Durán.

Jean Carlos Centeno.

El Cantor de las Mujeres,

Beto Zabaleta.

El rey vallenato,
Gonzalo Arturo "el Cocha" Molina.

El rey vallenato, Orangel "el Pangue" Maestre.

Los compositores Robert Oñate y Franklin Moya.

El rey vallenato Harold Rivera.

El cantautor Guadis Carrasco.

Diomedito, Enaldo Barrera,

y el rey vallenato Julio Rojas.

Verseando con el cantautor Miguel Herrera.

Verseando con el Mounstruo del Acordeón, el trirrey
Alfredo Gutiérrez.

El Huracán del Acordeón,
Ivan Zuleta.

El Burro Mocho, Noel Petro.

Adriana Lucía.

Moisés Angulo.

Los años del rebusque en el mar

III. AGRADECIMIENTOS

A mi esposa Karol y mi hija Celeste, por su amor y apoyo incondicional.

A mi padre por enseñarme el arte de la música y ser ese árbol caminante que me llevó a conocer tantos maestros y lugares: a él le debo este libro.

A Magola Jiménez, mi madre, por su nobleza, su amor ilimitado y recibirnos con un abrazo después de cada correría.

A mis hermanos: Orangel "el Pangue", por ser mi cajero y amigo de viaje, y por no revelar mis "encoques" (las monedas que hábilmente guardaba en mis zapatos después de las recogidas con el sombrero).

A Ender, por ser mi hermano y compartir mis gustos por los carros y el fútbol. gracias, socio.

A Yuliana, mujer guerrera y cuidadora de nuestra familia (te quiero y admiro mucho, mija).

A Magolita, mi hermana menor, por compartir gran parte de su vida conmigo y por las tantas charlas existenciales en nuestro apartamentico del Tintal.

A Maricela, mi hermana mayor, por abrirnos siempre su casa en Barranquilla y por aparecer en nuestras vidas con su nobleza única.

A Cira Jiménez, mi abuela centenaria. Lo mejor que ha dado nuestra familia.

A mis suegros en Valledupar, el Motivador Jhony Canova y Yolima Costa. Gracias por ser tan bondadosos y aceptarme en la familia.

A los maestros de la música vallenata a quienes hago referencia en este libro.

A Martín Armenta y Alex Basile por creer en esta nueva faceta literaria.

Al señor Ángel Cáez en la isla de San Andrés, que creyó en este libro y me ayudó en la corrección del texto. Gracias por su tiempo y paciencia. Cada uno de sus aportes fueron imprescindibles. Gracias mil.

A mis maestros de talleres literarios: Ana María Vallejo, Isaías Peña, Carolina Sanín, Alberto Salcedo Ramos, Jairo Andrade, Héctor Forero, John Jairo Junieles, María Antonia León y la poeta barranquillera Fadir Delgado.

A Jesús Chaparro por la diagramación y la bella portada del libro.

A quienes nos apoyaron y ayudaron de tantas maneras, algunos, incluso, permitiéndonos entrar a sus casas en esos duros tiempos del rebusque: al primo Robin Domínguez (q. e. p. d.) y su esposa Nurys por recibirnos en su casa del Valle. al primo Chico Pérez (q. e. p. d.) y Mónica en Cartagena.

Al querido Ché y Nurys (q. e. p. d.), quienes nos acogieron en Barranquilla.

A Elías y Elba Ospino, gracias, familia.

A William Atencia y Yeris Arrieta por integrarnos a su bella familia en Cartagena.

A Jorge Cárcamo por regalarme mi primer acordeón y a Vicente Blel por el segundo,

A Marta Gutiérrez, Gonzalo Botero, Teresa Payares, el Negro Aldana, en Ayapel (Córdoba),

A la Muñe Pinedo. Gracias también

A Alfredo Posada y Verena Zea.

Al periodista y escritor Lucho Cepeda.

A Inaldo Turizo y Noelvis Arrieta,

A Luchito Pérez y María de los Ángeles Pérez,

al primo Román Jiménez, en Barrancabermeja.

Al tío Alberto y Esneda Pérez por hacernos un campito en su casa de Bogotá durante tanto tiempo.

A Jairo Navarro, mi tío, por pagarnos las primeras parrandas.

A Narcilito Quesada, en Cacajal,

A Gloria Bermúdez, hija del maestro Lucho Bermúdez.

A la prima Cirita y Antonio Luis en Santa Marta.

A Alberto Serpa (q. e. p. d.).

A Emanuel Arrieta, Eulalio Requena y a Yadira Ruz por el cariño.

Al profesor Jesús Correa y a la Escuela Rural Mixta Número Uno.

Al Colegio Bachillerato de Cascajal (IETAC) y al Rodrigo de Triana en Bogotá, especialmente a los profesores Mario González (Shanghái), Javier Oviedo, Laurentino Gómez y al señor rector, Gustavo.

A Iván Acevedo y Julio Ramírez, en Magangué,

Al profesor Raúl y su esposa Luz Dary.

A Alexandra Rocha y a Gloria Guatibonza, mi mánager.

A Jair Jiménez y Gina Cariello por aquellas primeras tarjetas.

A mi compadre y mejor amigo Daison Quesada Domínguez.

Al compadre Augusto, Erik Cuellar, Adelita y Brunilda Zapata.

Al primo Blas Agustín, mi primer maestro de actuación.

A Dianis Bracho, mi editora literaria en Amazon, Coach de escritores, quien acompañó mi proceso de publicación de este libro, mis sinceros agradecimientos por tu apoyo para llevar al mundo mi relato, a través de Amazon.

Gracias a todos. Sabré no olvidarlos.

Y por supuesto, gracias a ti, lector, por acompañarme hasta este punto.

NOTA FINAL DEL AUTOR

Debo confesar que las malas noticias y la injusticia humana me siguieron robando la tranquilidad, pero no por eso he perdido la fe en la humanidad. Por eso, en el año 2008 nació la Fundación Cascajal CuidArte, una entidad sin ánimo de lucro que lidero para que familias de escasos recursos en el sur de Bolívar sigan soñando en que vivir mejor sí se puede. Que crean, por ejemplo, que todos estamos llenos de talentos y que el arte y la educación son muy buenas opciones de vida. Con este proyecto noble hemos podido entregar instrumentos musicales, mercados y más de veinte mil aguinaldos en los 14 años que llevamos de trabajo (2008 y 2022), además pudimos recolectar alrededor de 7.000 libros literarios para fomentar la lectoescritura en nuestros niños, niñas y jóvenes, y tenemos abierto anualmente un concurso literario para que nuestra gente pueda mostrar sus historias. Este libro que acaban de leer es, además, una excusa para apoyar a nuestra fundación, no solo con parte de su valor económico, sino como motivación para que muchos en mi región se animen a escribir y a publicar. Aprovecho para invitarlos a que nos sigan en @FundaciónCasacajal y @victorjnj nuestras cuentas de Instagram, y se unan con amor a esta causa necesaria. Víctor José Navarro Jiménez victorioso1022@hotmail.com

Si desea ser escritor
y publicar a nivel internacional
a través de Amazon,
puede contactar a Dianis Bracho,
Coach de escritores y editora literaria.

dianisbrachor@gmail.com
Whatsapp + 57 320 707 8960